U0003273

我故鄉的那個小鎮，坐落在一條水流四岔的河間。夏天時特別涼爽，但是冬天非常寒冷，山那邊還會飄落大量的雪。

流過鎮中心的大河，分成很多條細流，像蜘蛛網般遍佈鎮中。那些細流和主流縱橫交錯，在夜裡，看起來就像滑溜黑亮的光之絲。

不論走到哪裡，河水的聲音總是穿透幽暗而來。鎮上有大大小小各式各樣的橋，橋也演奏出某種韻律，讓人們向著河岸嘎然止步，像個句點般佇立在河畔風景中。

鎮上的人睡眠時，夢裡總是緊挨著河的氣息，他們的人生呈現種種開展時，心的背景總有那條河。

下過雨的早晨，在耀眼的亮光中，水量增加的河川，就像活過來似的水流湍急，滾滾而去。午後，水邊曬得乾燥的草，在空氣中散發撲鼻的青草味兒。

我有時眞的不知道，是不是眞的喜歡那一切？故鄉的印象，總是淙淙流逝的河水。這個因爲流水有時清澈、有時混濁，而使得人們有點恍惚的小鎭。河水讓人們沈浸在半睡半醒的心境中。

感覺像忘記了什麼重要的東西。

在那樣的景色中，也有著一些讓純眞的觀看者感到礙眼的地方。會看到不知道是兔子還是貓的屍體，也會踩到狗糞。草叢裡面藏滿蟲子，對岸有點骯髒的漂洗衣物。情侶相愛後留下的垃圾。河畔風景不是只有乾淨的一面。

當然，也會看到清澈的水流中，七彩游魚閃閃發光，藍天色澤映入水中，更顯清澈。陽光照在鋪石路上的夏天傍晚，總是可以抱著兒時一樣的心情散步。不論什麼時候，感覺累了，只要坐在河堤上，心情便豁然開朗。

流水毫不留連地源源流過眼前，不再回來。涼風吹來，景色隨著時間過去而模糊，但確實地變化著。凝視腳邊的姬女菀，撫摸如絲的花瓣。清風拂面，涼意讓思緒清晰。那瞬間的感觸重複多次後，非但未見消滅，反而一次比一次新鮮。

一定是這條河教導了我，這世上任何事物，只要長時間靜靜觀察，大概都是一個樣子吧。

覺得冷了，拍拍屁股站起來，感覺世界的意義眞的拉近了一點點。甚至可以實際感覺到，自己薄薄肌膚下的呼吸構造，和眼前遼闊的一切沒什麼不同。

壯闊的思考和小小的憂慮，都像眼前的景色，擁有簡單美麗的秩序。這是我看見的世界，但我覺得，其實這個世界還更大更大。

光是凝視著河水輕流，就覺得蓄積了無限的什麼。

在河邊能夠摸到、看到的一切，給我的肉體和靈魂帶來活力，讓身體感到充電。從地面看到的天空顏色、照遍小鎮的光、車子，還有人們生活的氣息、草的顏色、小生物、飄浮而過的巨大雲朵。隱隱聽到的聲音響在耳畔……我想，一定是人們在各自家鄉接受各自擁有的特別但也平凡的療治同時，活化了這個世界吧。

那個冬天，我非常沮喪，暫時回到故鄉，在祖母為興趣而經營的河邊小咖啡廳幫忙。

我的老家就在鎮上，父親住在那裡，但他樂享鰥夫生活已久，我無意打擾他，祖母獨自在附近租了一間很小的房子，我也不想去那裡。於是睡在店後面的小倉庫。我已經習慣一個人，這樣過反而輕鬆。有別人在，雖然可以解解悶，但也要費心顧慮別人，搞得自己疲累不堪。獨自一個人，就是突然想放聲大哭也不要緊，不必衝進廁所像嘔吐似的嚎啕大哭。

十八歲起長達八年的情婦生活結束後，我還是沒有想透。不論經過多少時間，我依然不習慣別離。感覺時間的長度本身像是擁有了生命，不知不覺中膨脹成意想不到的龐大。

是因爲這個緣故嗎？我總感到不可思議的疲累……就像嚴重的肩膀酸痛一直好不了般的疲累，也像腦子老是想著同一件事而變得混沌。

父母感情恩愛的孩子多半在不疑世事的情況下長大。像我一樣。

我一直認爲，夫妻就是恩恩愛愛，在一起時是最最快樂的時光。在這種想法中成長，我深深相信，如果不是這樣，那麼夫妻就不會是夫妻，總有一天會離婚。

直到現在我才知道，我們家只是特例，實際上，這世上有各種形式、各種關係的夫妻。我花費太多的時間才理解這一點，我自己也覺得很傻。

我十歲時母親車禍身亡。她獨自去鄰縣買東西，開車時打瞌睡，撞到電線桿，當場死亡。

在車禍發生以前，父母親的感情非常好。他們是大學同學，因爲一起研修生活諮商課程，感覺還是像學生一樣。

可是後來我就覺得，他們感情好，其實是個性相配，他們都是只顧自己幸福的灑脫之人，凡事不會追根究柢，做任何事總是興之所至。

和他們相反，我在青春熱戀的時期，故意和有婦之夫交往。我總是一副殷殷期待的姿態，實際上是閒得發慌，無事可做，只好思考。因爲總是在動腦筋，因此變得疑心重重。

我對那種無從期待的日子已經累了。

雖然東京的房子還留著，但我還沒決定是否要回去？

那是小有知名度的攝影家爲了和我相會，僞裝是工作室而買下的公寓。我一直住在那裡，分手後變成我的了。聽說這是他和太太商量後的決定。我覺得很沒趣，有著處心積慮的大人努力表現出來的親切所帶來的不愉快感觸。

他在電話上說，身體本就衰弱的太太，被他長期的外遇搞得焦慮不安，連心臟都惡化，所以只有分手了。

「你爲什麼不選擇和她離婚呢？」

「我做不到。」

「你不覺得奇怪嗎？我應該也有某種權利的。」

「弄到這個地步，已經沒有了。我已經徹底放棄和妳繼續下去。」

「你憑什麼一個人決定放棄？」

「我不能拋棄家人不管。我已經讓他們夠痛苦了，不能再這麼下去。我有孩子，雙方的父母也都還在，我和他們應該維持緊密和諧的關係。我在很久以前，在認識那些人的過程中，就欣然決定要加入這個大共同體。我想繼續下去，直到我死。因此，光靠我個人的感覺和妳交往，已經讓我失衡得太厲害。我已經決定選擇這邊。妳就別再說了。」

「結果，我這邊只是玩玩而已。」

「大意義上是這樣。」

「什麼是大意義？」

「別再這樣你來我往的了，連快樂的事都變得不愉快了。」

「早就不愉快了。」

這種無謂的對話絮絮不斷。結果，只是把我自己逼進無理取鬧的狀況裡。自問，自答，還自己牢騷連連。

好難過啊，我卻非常地平靜。看著腳下的榻榻米，靜心凝思，事情不是已經沒得商量了嗎？不是已經決定了嗎？我是想再花點時間去爭取，可是如果他已經決定，就沒有什麼好說的了。

是誰認定生病的人就比較痛苦呢？爲什麼他不認爲，即使沒有生病、不哭不鬧、還能正常吃喝散步見見朋友的人也會痛苦啊！

我能向誰說，我沒有別的戀人，爲了有時間和他在一起，我只是打工，沒有就業，爲了掌握他的消息，手機和電腦總是在待機狀態，我的整個青春早已生鏽鈍化。在這突然空下來的時間裡，思索比較和輸贏的空虛，是很奇怪的感覺。

我忘我地處在那狀況和心情都拋空的情境中。

就像春天時高興聞到清風吹來的暖暖清香，也像冬天時窩在壁爐前，享受膝蓋溫熱的幸福般，多麼單純的快樂。我就像泡湯般盡情沈浸在那等待情人的生活裡……那沒有明天也沒有現實的沉重，只有現在，只有回憶輕輕飄下堆積的大戀愛裡。

我不知不覺依賴起那樣的生活。

現在想起來，感覺很像住院時一直看電視的生活。一直重複觀看相同的事物後，就只會思考要看什麼了，實際上，外面的許許多多事物仍強而有力地在活動。我知道自己的某些重要東西正一分一秒地磨損。像是我的時間、我的想法之類的東西。

確實，他的談吐深奧有趣，我受到很好的影響，不覺得無聊。光是聽他述說獨自到人跡罕至的地方攝影、在那裡發生的各種事情，就有自己親身體驗似的深度感想。

即使我沒有同行，但在電視上聽到看到那些事，感覺也不變。偶爾和他同行，不特別突顯我是他的情人或助理也無所謂。啊，那一段被動的歲月。

或許，我貪心地吸收一切知識去當個攝影師也好。

可惜，我對那沒有興趣。尤其是拍攝大自然，感覺是件極其艱難的事情。那應該是一生追求不輟的工作，是越行越深的工作。而且，大自然遍佈全世界，過於繁複的事情會讓我頭昏眼花。可是我對拍攝完全陌生的人物照片也毫無興趣。還有，品質精密的攝影機大抵都很重。我沒接觸過其他職業，也無從比較，一心想和忙碌的他繼續交往，總是抽不出時間認眞去想其他事物。事實上在那種狀況下，思考任何事情都無濟於事，乾脆定靜不動。

到最後，是年齡增長的關係嗎？心裡莫名地滋生了不再指望男人的想法。我想，他之所以喜歡我，是因爲我不那麼努力，也不執著，個性開朗，出來時總是快快樂樂，能談一點攝影，腦筋和身體都不差，也不會纏人，總是平常心地等候他，以及有個想來隨時可來的溫馨小屋，也可以做愛等等理由……。如果現在有那樣的地方，就算沒有性愛也無妨，我想立刻就去。

他腦中此刻的我，一定還是開朗地按照自己的步調生活吧。他大概無法想像，我會陷得這樣深。

可是我不恨他。因爲順勢隨流到這個地步，再去怨恨誰也沒有用。再怎麼找理由也一樣。結果和隨便走哪條路都一樣。反正，他決定放棄我而選擇妻子。

充當分手費的那間房子有寬廣的陽台，離商店街和車站都近，環境很好，管理費只要兩萬圓，眞是沒得抱怨，但是回憶太多，只要待在那個房間裡，感覺自己就要淡化成過去的幽魂了。

星期五晚上總是留宿這裡的他，再也不會來了，可是我依然看著同樣的電視節目，到同個超市買同樣的食材，啓動同一台洗衣機，穿著同一件睡衣獨自入睡。我們一起去訂購、他理應用到其中一段的書架現在才做好送到。訂購那天的歡樂氣氛，像幽魂般飄飄冒起。

每天都像魘在醒不過來的噩夢裡。

在同一家餐廳吃午餐，在同個商店街的同個咖啡廳買兩個人愛喝的咖啡豆……，一番電話長談就突然結束這持續了八年的戀愛家家酒生活……感覺自己眞的變成了老太婆。因爲耗盡心力在持續同樣的生活，因而陷入無法再做其他事情的狀態。

我很驚訝，人會因爲這種事情徹底弱化。

不論如何，一切都結束了，只剩下代書來辦公寓過戶的手續。還有一點金錢問題，我以爲可能再見一面，但是手續辦得異常順利，兩個人的房間裡很快地就只剩下我一個人。徘徊在過去生活中的我，不知不覺中已走不出那裡。那很像無計可施、只能茫然凝視斷掉的線頭飄浮在空中的感覺。

這段關係會暴露，是因爲要嚇阻騷擾電話，他幫我錄了電話答錄機。他太太聽到後，得到證實。我們會那樣疏忽，大概是關係已經太過親暱。

雖然回憶都是哀傷的，但錄音那晚非常快樂。錄音時他很緊張，重新錄了好幾次。我假裝沒聽到，專心作飯。咖哩飯。我想起當時的窗玻璃因蒸汽而氤氳。我還清楚想起湯匙碰觸盤子的聲音。屋裡充滿香料的味道，是個感覺不會發生任何壞事的夜晚。

「錄好了！」

他抱著貓過來報告。

「我要用上一輩子。」

「眞的要用一輩子喲！」

「即使分手了，也會用上一輩子。」

那時候，我們印象裡的一輩子，應該比永遠還長。

我們曾一起去泡湯旅行，也曾陪他出國工作。我的一切身心都和他牽扯在一起。他說，和我在一起的時間，比他和太太孩子在一起的時間都多，還說，從來沒有一個人和他一起度過這麼多的時間。那是眞的吧！我想，他也很難過吧。我認爲這種突如其來的分手，是他深沈哀傷的如實顯現，我是不是太爲他著想了？

每晚夢中，他總是在房間裡，笑嘻嘻地訴說分開以後多麼寂寞，兩人能再在一起，眞的很好。他那手的形狀，臉龐的感觸，都那麼逼眞。夢中的我幸福極了，根本不想醒過來。

但是，我一定會醒來。每次都淚濕面頰，心想，在另一個世界的生活裡，只有我被撇下不管。

在那樣的生活裡，我不可能掛心其他新事物。我不要時間以外的東西來癒合我的傷痛，避開所有親切待我的男人，也躲避想要深入交談的女性朋友。因爲我的脆弱程度完全無法衡量。

我每天祈禱，時間啊，快點過去吧！我彷佛眞的明白那隻利箭插背還繼續活著的鴨子的感受。

雖然我希望盡量不理會那些事情，如常地生活，可是我並不在此時此地的空間裡。眞正的我，還徘徊在那些日子裡，重複著同樣的生活。我無法不那樣感覺。睡到傍晚醒來時，發現自己會茫然地想著，啊，星期五嗎，他就要回來了，去吃什麼呢……。

那不是空想，而是在別的空間裡實際發生的事。他扭開大門的鎖匙，開門的聲音，走近床邊，摸我的頭……那種感覺太過眞實，不覺得是在哀傷的空想中。每次都要耗費很長的時間，才能把自己拉回那不再有一起散步、觀看鬧區花飾在風中大幅搖晃的現實裡。

我好喜歡那些光景。

我們牽手下樓的時候，以及我們擁有許多時間在一起的時候。我們可以慢慢吃飯，一起入睡。商店街永遠播放著流行的庸俗音樂，搖晃著七彩耀眼的裝飾。看到那些裝飾，總覺得祭典永遠持續下去一般。

算了，別想了，就算他太太死了，他真心捨棄我而選擇她的事實也不會消失。我像苦口婆心規勸傻瓜似的拼命向自己解釋。

飼養的貓輕輕跳到床上，磨搓我的身體，那溫熱肉體的柔軟深深沁入體內，我忍不住嚎啕大哭。我如果不召喚自己，「快回到現在！沒錯，就是貓也要換毛的現在，現在的這個現在，回來吧！」我就無法回到我的身體裡面，永遠在身外徘徊。

當我隱隱覺得自己有點不對勁時，決定先回老家。回到那個相處不甚融洽的人們居住的毫無改變的小鎮。

很長一段時間沒回來，祖母經營的那家本就風格奇特的咖啡廳更加怪異了。

雖然不是很豪華，但也不算簡陋，也很乾淨，不過，還是有老舊詭異的雜亂氣息。

祖母偏好而買的碎花質樸咖啡杯，花樣奇怪的蕾絲窗簾，窗台上的巨大民俗風廉價擺飾也非常顯眼，祖母甚至把一半店面充當蘭花溫室。我以前就覺得店裡到處是蘭花，現在店裡一半都是蘭花缽了。我看到時覺得這情景太過超現實，像是在夢中。覺得這樣真的很過分。根本分不清楚這裡究竟是商店、溫室還是住家？我雖然排斥，可是我也沒有氣力去改變或整頓。

而且，蘭花被照顧得無微不至，開得很美，百看不膩，不知不覺間，我也開始每天認真地照顧它們了。

最重要的是，這裡的咖啡味道很好，讓我勉強能夠接受這現實。

祖母很會煮咖啡。那聽說是愛喝咖啡的祖父精心調製出來的咖啡口味，熱、濃、苦、酸，恰到好處，拌入大量的砂糖喝下，立刻頭腦清爽，胸口溫暖。她烤的乳酪蛋糕，味道也精美得讓人明白，爲什麼會有那麼多客人上門享用。

可是，她不當一回事地拿昨天晚上的關東煮當作今天的午餐端給客人，客人還能和那美味的咖啡及乳酪蛋糕一起享用，還有星期六時客人帶著馬報來，不時張望櫃台裡面的電視，都讓我很厭煩。我本來就討厭咖啡廳裡放電視。

我每次抱怨這些事情時，祖母就說「妳完全中了東京的毒」，不理會我。

我想，還好這裡不供應酒類……，可是傍晚時，赫然看到老顧客拿出本地產的啤酒，下酒菜是炸糯糬。總覺得亂七八糟，但那是長年以來因應需求養成的現象，我眞不知道該如何面對。我想要拚命工作以轉移心境的企圖完全落空。

可是，祖母還是充滿溫情，當初我任性地跑到東京，她沒有半句怨言。雖然現在店裡不缺人手，她一眼就看穿我回來是爲了精神療傷，也沒有點破。她讓我工作，也給我適當的鐘點費，讓我像是賺到了零用錢般高興。

因此，雖然蘭花缽的潮味飄浮，陽光最多的天窗下面擺滿花缽，必須挪開桌子，讓顧客擠在角落、像被推到花台上似的進餐狀態，還有電視綜藝節目的噪音響遍店內等等，我都沒有怨言。反正我已決定了未來的生活方針，很快就會離開。

我回到鄉下，脂粉不施，老是穿牛仔褲，紮起長髮。小時候的朋友都訝異我的樸素，我看到鏡子裡的自己也嚇一跳。

我在東京的時候，覺得情人的工作整潔乾淨，我也要配合裝扮，現在絕不會那樣想了。我認眞地思索，這個變化源自哪裡呢？有時候停下洗臉的手，出神地看著鏡中的自己。

我覺得自己有著小時候的表情。

那個每天在河邊玩耍、臉頰紅紅、穿著心愛毛衣時的表情。

我得到個結論：大概，在東京的那個我，是和我生活重心的他共同製造出來的。光靠我自己，是孕育不出那樣的我。

現在的我，有點像小時候的我和現在的我的混合。只有戀愛的那段時間，是一段黑暗幽深的漏缺。

早上睜開眼睛，我總是睡在紅茶罐、咖啡袋和餅乾箱之間。裹著祖母幫我準備的毯子，平躺在煎餅似的薄床墊上。

神思清醒時，清晨的陽光照在我身上，只有那隻帶回來的貓，還像在東京生活時一樣，磨搓我的臉要吃飯。我好幾次想，這是哪裡？人雖然在故鄉，但在不是老家的地方醒來，完全不知道自己身在何處、在做什麼？

那種解放感也會讓我感動流淚。這樣重新過一遍人生也不錯。每天都是嶄新的早晨……。頂著過去不曾照過的陽光，從今以後，什麼都可以做，任何地方都可以去。

可是，在勤快工作中，記憶的沉重會突然襲來，我的人生又被帶回那叫做回憶的牢籠。

午飯總是獨自到河畔吃。

走下河邊的石梯，河永遠有不同的表情，但氣氛恆常不變。塡飽肚子，休息，得到迎向午後的力氣。我已經無法像小時候一樣，輕易地大把抓取精力消耗掉後，又大把抓取地和世界相愛。現在，只要有清淨的水流潺潺流過筋疲力盡、無法動彈的我面前，就讓我心存感激了。我知道那個感激的小小火燄隱隱開始成爲轉動我的活力。啊！它還留著！那時候的心情、那股活力之流，還在我身體裡面。

看看透過陽光的葉色，眺望行人的笑臉、飛揚的髮絲和衣服顏色，向烤肉的人要一串肉來吃，踩到狗的尿，看到小孩子在眼前跌倒，嚇了一跳，這許許多多的事情。

我漸漸習慣那段暫時生活的舒坦和失魂的狀態。像把身體慢慢地浸入冷水裡。

那天，就在這種非常沒勁、心情放空的日子裡，我看見那個人。

看見他時，不知道為什麼，就像看到幽魂似的悚然一驚。

正是空氣清新的嚴冬午後。清新的味道和刺骨的冷空氣，更刺激我思索以前看到他的情形。我的第一感覺是，上次看到他時絕對是在冬天。

好像就是現在這種天空陰霾、整個世界籠罩在牛奶色澤裡的感覺。雖然是在白天，感覺街上的光反映到雲上，再柔和地反射下來。

刺骨的冷風中，微微摻著冬天特有的木柴燃燒後的香氣。

當時，我正從臨時住處沿著河邊散步，剛走到站前大街的人行道上。

那個人在對街，穿著紅色的羽絨衣，戴著滑雪帽。是冬天滑雪季節時這附近常見、一看就是滑雪高手的身材精瘦男人。他膚色微黑，年紀和我差不多，或是大一點，但是感覺很年輕，個子很高，眉毛很濃，臉部線條剛硬，疾步向前。

那不是宿命的喜歡或似曾相識的感覺，而是更清楚地知道那人的聲音，也知道他的手掌感觸。但就是想不起來，何時何地見過他？

叫住他吧……，可是，那時我是一個人。要是有人陪在身邊壯膽就好了。啊，我真的很在意，是哪裡……是在哪個地方？風很冷，水很清……，水？我有些模糊的印象，卻又一無頭緒。只是，他那時也穿著紅色羽絨衣，我只知道那顏色可靠得讓我流淚。

我像做白日夢似的茫然看著他，他在等交通燈號，自然面對著我。不可思議的是，他也好奇地凝視我。濃眉微蹙，銳利的眼睛發光，露出詫異的表情。

我並沒有預定過街，但受到牽引，不覺停下腳步。兩人隔著馬路相望，但什麼也想不起來。茫然的心情就像在夢中拚命走向陌生城市裡卻知曉的目的地。

在夢中的時候，我分成兩個……理應知道的我和知道的我。兩個我重疊，變成淡淡的美麗光影……光？對了，彩虹的光影剛才就在頭腦的角落裡閃動成一個美麗的圓圈。

我這樣定睛不動地看著他，他會怎麼想？我渾然不覺馬路的嘈雜車聲和別人，心思集中在他和理應圍繞他的回憶上。

號誌變成綠燈。我沒有勇氣出聲，在他過街之前，匆匆離開那地方。

我不明白，爲什麼想不起來？同學？學長？朋友的哥哥？但是感覺都不對。

那像是……兩人一起逃亡，千辛萬苦翻越國境後，回頭凝望再也不會回去的故鄉，想起往後漫長旅途而微笑相望的……。

那裡面好像有雙爲了幫忙我出生到這個世界而伸出來的手……嚴格來說，那不是手，而是某種提升的力道，閃亮耀眼、不顯情意卻讓人感動哭泣的光，還有祖母得自曾祖母、以及母親得自外婆的那種懷抱嬰兒時的新鮮不安心情等綜合而成的溫暖。

我毫無頭緒，還是振作心情，走向父親的公寓。

我答應那個下午去打掃父親的房子。

父親從加州打電話來說，要趁我在故鄉的時候回日本，能夠的話，希望我幫他將房子換換空氣。

父親是大學教授，也是個怪人，他不停地翻譯超個人心理學和新時代方面的書籍，訪問那些領域的奇人高士，寫成書籍介紹到日本。

母親死後，父親一直住在那棟公寓裡。他承繼祖母只憑自己高興就混合咖啡廳和溫室的隨性血緣，家裡也弄得亂七八糟。他常常工作得廢寢忘食，隨地而睡。但不知爲什麼，他獨獨喜歡洗衣服，總是穿著乾淨的衣服。只因爲洗衣機舊了，就換了一台大型的斜取式滾筒洗衣機。

父親常常到美國各地旅遊，一年中有一半的時間在那邊。最近好像常常留在年輕的女朋友家裡。我見過她幾次。果然是充滿新時代氣息、吃素、頭髮很長、眼睛輪廓很深的溫婉可愛女孩。

我用信箱裡的鑰匙開門進去，打開窗戶讓空氣流通，簡單清掃。不愧是父親，沒有積存要換洗的衣服。我把烘乾機裡的衣服疊好，放進房間。

書房裡有父親和女朋友在景色優美的山上微笑的合照。

那是讓人看了也忍不住會心一笑的照片。

父親好像很幸福，我很高興。

那張照片旁邊，是父親和母親的蜜月旅行照片和母親抱著襁褓中的我的照片。顏色已經很舊，相片中的母親年輕豐滿。我越來越像母親了。雖然她已不在人世，但我越來越像她。這種不可思議的生命結構總是讓我愕然。

還有一張照片。是父親眞正喜歡的女人的照片，她的名字叫做惠。表情端麗，帶著微笑。

父親曾經想和她再婚，那是我去東京讀大學之後的事。

可是對方拋捨不下家庭，好事成空，但他當時很認眞，還安排我和惠姨及她的女兒見面。

我沒想到惠姨那樣美。直到現在，我還沒見過那樣美麗的女人。

就連少女情懷的我都能打從心裡贊同，「好啦，鍾愛的妻子撒手先走後，雖然憾恨不已，但既然想再戀愛，就和這樣的人交往吧！」

惠姨是身材窈窕、肌肉緊實的體型，直直的長髮垂在背後，晶亮的眼睛顯露強烈的意志，笑容燦爛開朗得讓人信賴。

我們在公園旁邊的餐廳吃午餐，我心裡完全贊成他們結婚。我問她的職業，竟然是算命師。我請她幫我看一看，她微笑說，「通常這樣我是不看的，不過，妳很天眞，因爲太過天眞，身邊就只有眞正感覺到妳的人。這世上有太多即使不想利用別人、但不知不覺中仍利用到別人的人。因此，將來不論遇到多麼迷戀的人，妳都不要把自己的時間完全耗在裡面。因爲妳非常認眞，很容易這樣做。」

現在想起來，她算得好準。可惜這特意問來的忠告完全沒派上用場。

那時候，我完全臣服在她那溫暖堅定的微笑裡。我甚至用眼神向父親示意，這個人眞好。

可是……她的女兒很古怪。那種古怪讓我有點怯步。不論如何，我就是覺得她是個可怕的怪女孩。

她比我大四歲，我沒見過那麼古怪的人。她一句話也沒說，卻不斷強烈地傳來

「我是因爲反對而沉默、不是因爲害羞而沉默」的訊息。她怡然自若，讓你覺得她之所以在這裡，是因爲她想待在這裡，即使她不來干擾，好事也不會成雙。

因爲這個緣故，瑠美給我的第一印象是「哇、怪人！」

她不是沒有她母親的美麗因子，只是都被她那強烈的個性打消了。她的穿著並不稀奇古怪，髮型和化妝也不怪異。

只是，氣質就是和別人完全不同。

乍看之下，她的外表平凡，仔細再看，還是看不出特別的地方。她長得白皙渾圓。長長的睫毛、又大又圓的眼睛、小小的嘴、小小圓圓的鼻子、有點胖的小腿像麻糬似的晃啊晃。全身白得特別。又黑又長的頭髮鬆散地垂在腰際。

不知爲什麼，她的每一個動作看起來都那麼決定性。

用餐巾擦拭嘴角的動作、叉著食物送進嘴裡的動作、還有喝水，感覺像看著遠方。一切都是別人做不出來，只有她唯一無二的動作和做法。我看得入迷，她察覺後對我微微一笑。

「我們去那邊走走吧？」

瑠美說。她的聲音低得不可思議，有淡淡的懷念感覺。

「要開作戰會議耶。」

瑠美的母親說。父親露出苦笑。

我們漫步公園中。

「妳叫什麼名字？」

「螢。」

「我叫瑠美。」

「他們會結婚嗎？」

我問。早春的公園綠光清淺，感覺暖洋洋的。

陽光照在林蔭路上，映出柔和的影子。

「唔，很難說。我爸媽現在雖然分居，但一直糾纏不清，如果妳爸不急著催促他們離婚，或許有希望和我媽結婚。」

靠近池塘時瑠美又說。

「這個池塘裡有河童。」

「這、這……我沒看過。」

我困惑地回答。

瑠美接著說。

「我在深山的池塘裡常看到他們，不過，最近都沒看到。他們在日本已經絕種了吧！」

「是綠色的、背上有殼的那種？」

「嗯，而且很小。」

「那不是烏龜嗎？」

「不是，他會站起來走路，我一個人時，他們還會來到我身邊。」

「妳和河童交朋友？」

「還不到朋友的程度，好遺憾。」

瑠美說。

因爲父親很怪，我也習慣和怪人交談。可是，我還是覺得她太古怪了。

一年後，過度心急的父親向瑠美的母親求婚，果然被拒絕，在那段傷心流淚的失戀後，我偶爾會和瑠美聯絡。

對了，我也該見見理應住在鄰鎮的瑠美。近十年不見，我想連絡她。

我這麼打算。

每天在同一地方生活，會一點點地想起許多事情，有了閒情，也有了牽絆。過去忙於戀愛，完全忘掉這種生活的樂趣。

雖然我一專心於某事，就無法顧及其他事情，但我對自己疏漏的事物之多之大，還是愕然。就是這個時候，我開始覺得心靈復健非常重要。我在許多地方，比自己所想的還要遲鈍，連活著都那麼笨拙。

打掃完畢，從冰箱拿出啤酒，擦掉帕梅善乾酪上的霉，嚼著乳酪發呆時，慢慢想起和母親在這裡生活時的情景。雖然房間已完全變樣，但天花板和地板還是原來的模樣。

看著天花板的樣子和牆壁的污漬，思緒又回到兒時。就這樣，記憶不知不覺地鮮明復甦起來。

那時候祖父還在，這裡還是眞正的鄉下，大家在山腳下開闢旱田。沒有超市，也沒有商店街。

我想起已經過世的祖父。

我在東京時，絕不會突然想起祖父，可是只要看到窗外的山，聽到河流的水聲，很多情景就自動浮現眼前。

母親死後，父親上班，祖父覺得老是一個人在家的我很可憐，常常牽著我的手去散步。

我已經很大了，覺得這樣很丟臉。祖父那曬得黝黑的手都是骨頭。用那雙手摘下田裡鮮紅番茄給我吃的祖父，是和父親完全不同的類型。

他很講究吃，自己也有田，還旅行許多地方研究咖啡。

祖父牽著我時，我感覺天空和地面猛然拉近，手心冒汗。雖然覺得有點丟臉，但我因母親的死而畏怯的童心，並不想甩開那隻手。我不希望有一天祖父死時我會後悔。我當時想，雖然手心冒汗，雖然不好意思，但以後回想起來時，絕對很珍貴。小孩子的心在這方面，向來很敏感細膩。

那時的我，只能抓著不牢靠的現實線頭摸索前進。

那種不牢靠、無從著力的感覺。於是，那種不安的力量有了壓垮我的氣勢。就像河水聲音不離耳朵般，活著的背後總是有那股力量，我甚至漠然地感到，會不會有更可怕的事情陸續襲來？

我很少哭，淚水大概都堆積在心裡。

流不出來的眼淚積滿胸口，聲音不由得變得奇怪，漸漸變成像是感冒的顫抖鼻音了。

這時，我總是跑到河邊，趁著風聲盡情地哭。哭了許久，感覺沒事了，又恢復成逗笑祖父、祖母和父親的開朗女孩。

祖父也已經不在這個世上了。

悲傷的時間已逝，一切像河水般潺潺流過。

那時的我，河畔是很大的安慰。流水帶走我所有無法傾訴的心情。我常常看著沿著裙褶落下的眼淚，不敢相信自己流出這麼多水來。

哭了太久，天空看起來又近又清楚。喉嚨和鼻子好痛。

同樣的影像又出現，我恢復清醒。

是嗎？因爲這趟返鄉之旅的感覺和人死的時候一樣，才會這樣難過、總是呼吸困難，感覺整個世界美麗而無聊。

這個鎮裡塞滿了記憶的沉重。

至於眞正的別離，我領悟到，情緣驟斷，比死亡還更接近死亡。因爲我感到祖父和母親的形貌，都比那分手的情人更接近、更栩栩如生。而且，總是呵護似的包住我。

從窗口仰望藍天，我訝異自己和那個時候絲毫沒變。

似乎人的感覺之心最深處，永遠不會變。

好久不見，瑠美完全沒變。她獨自住在鄰鎮，電話號碼沒變，我立刻聯絡到她，去找她玩。

瑠美的父母依然分居，還是沒有離婚。她母親住在丹麥，職業還是算命。她向來聰慧能幹，不是僱請了優秀的通譯，就是學丹麥話立刻上手。

瑠美的房間在舊公寓四樓。簡直像個洞穴，堆滿了書籍、裝飾品，但是不覺陰暗，通風和日曬非常好。瑠美看起來絲毫沒有增加年歲。不可思議的小小圓圓體態，讓我想到胖嘟嘟的貓咪。

瑠美泡了可口的紅茶給我。

「瑠美，妳靠什麼生活？」

想到我們差一點成爲姊妹，那種心理衍生的情分，讓我勇氣十足，凡事都想問清楚。

「我當保育員。」瑠美說。

我好驚訝。因爲完全不符她的形象。如果是算命師、寵物店員或是服飾店員，我更能接受。不過，看到那些多到塞不進書架的書，很多是有關斯坦納（Rudolf Steiner）、蒙特梭利、自由學校等幼兒教育的書籍。我終於理解「是這麼回事啊」。

「我在一間採用斯坦納教育理論的私立幼稚園工作。我想將來有一天，自己也在鎮上辦一間。現在這間雖然不壞，但幾乎沒有院子，我想辦一間有寬廣庭院、規模更大的幼稚園。」

「我不知道妳有那種夢想。」

「因爲沒有機會，所以沒說，不過，我從以前就一直想這樣。」

瑠美微笑地說。

「因爲我從小就一直被人說古怪，所以我想創造一個任何人都可以理解怪小孩的環境。我很忙，可是每天都有好多好多有趣的事情。雖然工作耗費體力，但心情舒暢，不覺得疲勞。我和孩子們感情太好，他們的媽媽動不動就吃醋，很有意思。孩子們最喜歡快樂悠閒，可是很多媽媽正好相反。特別是來接孩子時，三催四趕的。其實讓孩子喜歡的訣竅很簡單嘛。」

「妳從以前就很有自我堅持，眞的是一步步踏實前進的感覺。」

「父母親都自顧自地晃蕩，小孩反而會這樣。想儘快找到工作獨自生活。對了，小螢，妳爲什麼回來？失戀了？」

她突然一問，我差點從沙發上跌下來。

「妳怎麼知道？」

「因爲寫在妳臉上。」

眞不愧是算命師的女兒。

我佩服。

「妳的表情像幽靈，妳的人好像也不在這裡，整個人半透明似的。不過，一段時間後就會乖乖回到體內、回到現在這個時空裡。」

瑠美說。

我有點不服氣她一句話就總結我這八年的經歷，於是轉開話題。

「妳不只看過河童，也看過幽靈嗎？」

「現在特別容易看到，晚上在河邊時。」

瑠美率直地說。

「可是印象最深刻的，還是小時候看到的。」

我說告訴我吧，瑠美就說了。不可思議的故事。

瑠美因爲父親常不在家，煩惱重重的人又不斷來找母親解惑，所以放學後在家裡待不住，總是跑去墳場。收拾枯萎的花朵，清洗老舊的墓碑，丟掉發霉的供品，換上乾淨的水。

她也不明白自己爲什麼要做那些事。

「我大概是把無人祭拜的墓中人和父母不關心的自己重疊了吧。」

瑠美說。她那不以爲意的語氣讓我一驚。那絲毫不怨恨父母的態度非常豁達。我覺得她很成熟。

墳場裡有一棵大山毛櫸，瑠美總是在樹下休息。

粗粗的樹幹上有各式各樣的洞，長著青苔，樹葉茂密，遮蔽了天空。樹葉邊緣有漂亮的鋸齒，茂密地掛在枝頭，形狀很漂亮，她最喜歡那棵樹。

在那棵樹下，瑠美總會遇到一個身體融入樹幹的男孩。他的身體一半是山毛櫸，一半是人身。不是工整的一半，而是人和樹身歪七扭八地混合。她剛看到時嚇一跳，但立刻就習慣了。

「我仔細觀察包圍在我媽身邊的人。那時候，我媽的工作環境絕對說不上好。背負著各式各樣的人的期待，感覺很沉重。那是即使只有一點點，也想求得金錢、美貌、才華等各種東西的人包圍我媽的時期。也是我在外表美麗但內心污穢的人群圍繞中成長的時期。因此，外表醜陋古怪但內心清純的人，我很快就會習慣。」

瑠美說。

男孩總是不說話，靜靜地站在瑠美身邊。他身上絲毫沒有讓人討厭或陰暗的氣息。除了不自覺流露的傷感外，沒有其他傾訴。

他好像很高興瑠美清理墓碑。只有這一點可以清楚知道。兩人就這樣安靜地坐在一起，她幾乎忘了孤獨。

「我在那個年紀好像就知道，只要心境相同坐在一起，不說話反而更能心領神會的奧妙。」

瑠美笑著說。

人和人之間眞的沒有語言，只有整體的感覺。瑠美似乎領悟到那種整體感覺的溝通方式。

瑠美偶爾夢見他。她因此知道，他是爲情自殺、含恨而死，因爲墳墓就在櫸樹旁邊，在櫸樹的懷抱中，他的心情漸漸平息、痊癒，現在和櫸樹合而爲一，守護在墳場裡迷路的人。

「你那麼善良，才會因爲失戀而死，既然含恨而死，索性化成厲鬼出來也好！」

親情失落的瑠美很想這樣跟他說，可是看到他和櫸樹融合的安詳模樣，心想這樣也很好。總有一天，在很久很久的將來，他重生到這個世上的日子會來吧。

「你別當我的孩子啊！因爲我要嫁給大富翁，要孩子賺錢養我！像你這種好人我不要。」

瑠美在夢中這麼說，他嘻嘻笑著。用沒有嘴巴的嘴和沒有眼睛的眼睛。可是瑠美確實在那像是親人般的溫暖表情上感到吟吟的笑意。

「沒再見過他嗎？」

我問。

「偶爾還會夢到，告訴我許多事。可是現在去那墳場散步，也見不到他了。櫸樹被砍掉了。爲了增加墓地，我的朋友從這世上消失了。那棵樹完全被挖掉，連根都沒留下。」

「好傷感的故事啊。」

「對啊，在某一意義上，他是我的初戀。」

瑠美認眞地說。我心想，河童之後，是融化半身的幽靈……瑠美的男人品味可能很差吧，可是沒說出來。瑠美繼續說。

「人和幽靈都一樣。用我們的想法接觸他們，必定會嘗到苦頭。那個欅樹男孩有一天也可能爆發心中的怨恨而傷害我。可是我有這個自覺、勇敢地接觸他，還是能夠互相理解。我想，美麗的話語中必定會有漏洞。因爲我和他的交流不是這種，而是眞的抱有相同的哀傷，因此對這一點，我只能保持誠實。」

「也需要花時間吧。」

「對，如果不能從各種角度掌握對方的心靈深處，就會掉入和稀奇之物做朋友的美談陷阱裡。」

「可是，他爲什麼不能成佛呢？他有那麼善良的心靈。」

「大概還想看看這個世界吧，和欅樹一起。他現在一定上天堂了。我也爲他祈禱很多。可是，直到現在，我人生的一部分還永遠停留在寂寞、照顧墓中死人的孤寂小孩世界裡。那個無人的世界、在沉默中比較幸福的感覺，都還原封不動地停留在我心裡。在那個世界裡，我還能和他接觸，在比任何人都接近、只有彼此的地方。」

瑠美說。

我的心靜靜刻上年幼孤寂的瑠美，和融入欅樹留戀這世界的軟弱男孩的哀傷畫像。

那個印象輕輕飄落在我心中寂靜如清澄水面的地方。

「對了，我在路上遇到一個想不起來、卻感覺懷念的人。」

想著小時候的事情，我突然想到最近遇到的那件事。

「聽起來好像不是戀愛的故事。」

「是呀，那也完全不是我喜歡的男人類型。只是感覺他是遙遠記憶中確實存在的朋友，但像包在霧裡，就是想不起來是誰。」

聽了瑠美剛才的話，我好像想起了什麼。是在暗褐色的遙遠記憶中的幽微光亮，一種印象的光。

「可能是夢中見到的人。」

瑠美笑著說。

屋外冷風呼號，但是屋裡溫暖舒適。電暖爐散發溫度恰好的熱氣。窗外有點暗，可以看見枯枝的美麗姿態。紅茶的甜味與苦味，和這氣氛非常相配。

我坐在沙發上，瑠美靠著地板的大坐墊。膝上蓋著漂亮的保溫針織毯。我真的很久沒有這樣和人沒有心機、悠哉地消磨時間了。我們雖然沒有做成姊妹，也沒有一起生活過，但兩人之間都還緊緊留著懷念、沒有隔閡的親密感。

我說下次再來，穿上大衣走出門，天色已經昏黃。西天的美麗雲彩發光。冷風慢慢冷卻熱呼呼的臉頰，感覺好舒服。抬頭一看，瑠美的屋子亮起燈光。我感覺整個人被輕輕包覆在剛才的時間和那個味道裡。

我覺得，那些沒有意圖的關懷、不經意的語言，都像是飄飄然的羽衣，輕輕地包住我，讓我的靈魂從緊緊束縛我的沉悶重力中獲得解脫，愉快地悠遊空中。

再次見到那個人，是有一天半夜醒來，迷迷糊糊走在夜裡的路上時。

我做了個悲傷的夢，在渾身僵硬、咬牙切齒的狀態下醒來。

月光照在紙箱堆上，簡直像墓碑影子。

我像要喘口氣似的下床。貓咪窩在腳邊。棉被很重，身體感到悶熱，可是屋裡冷得直透心底。我點著爐子，燒水泡茶。

我什麼壞事也沒做，感覺卻像罪人。

也沒有人過世，感覺卻像有人死了。

我從小窗仰望天上的月亮。

月亮永遠懸在那裡。因此，我知道的月亮總是和情人一起仰望的月亮。可是現在，我獨自在莫名奇妙像是倉庫的地方，沒有職業、一無所有地待在過去的小鎮……，雖然有時候覺得這是一種解放，但那一瞬間很寂寞。

我的生活在哪裡？每次想到這裡，我的心就告訴我，那些日子是我的基礎，因此能夠的話，就回到那些日子裡。

我不喜歡這樣周而復始的省思，打開窗戶。

非常冰冷清新的空氣吸入肺裡。

那是在東京想像不到的清新空氣，瞬間把我拉回現在的時空裡。

感覺像從噩夢中回到現實。

我穿著睡衣，加上外套，走出門去。我想冷卻睡夢中哭泣的眼睛，想接觸更多屋外的空氣。

時間是午夜一點。

來到屋外，河水暗得恐怖，除了家家戶戶窗口的燈光，幾乎一片漆黑。聽到潺潺的水聲。那聲音像是流過黑暗的透明感，響徹耳朵深處。

沿著支流漫步，過橋，來到大河畔，獨自在幽靜的世界裡，呼出白色的氣。

我原來只想散散步，但沿著河邊踽踽走著，不知不覺走到很遠的地方。不見一個人影。只有一次和像是重考生的男孩們擦身而過。

這裡和東京不一樣。天空黑得扎實。東京的夜空總是冒著朦朧的灰色的光。

猛然看見，前面那棟房子的室外樓梯上掛著紅燈籠，上面寫著「拉麵」。口袋裡有錢包。我想，雖然穿著睡衣，只要不脫掉外套就好，去吃拉麵吧。這一陣子我不太有食慾，但那時感覺肚子好餓。

我走上樓梯，有個普通公寓感覺的新門，也有門鈴。我有點猶豫地按下。不久，裡面傳出啪搭啪搭的聲響，像是剛睡醒的人開門露臉。

我太過驚訝，一時心神茫然，只單純地想著：「眞有所謂的緣啊！」正是那個我在路上偶遇、感覺懷念的人。

「呃……我要吃拉麵。」

我說。

「請進、請進。」

他像剛從床上爬起，頭髮還是睡時壓出來的模樣，我覺得自己很受歡迎。我進到店理，又吃了一驚。那裡並沒有店面，只是普通住家二樓的房間隔出一小部份充當櫃檯。只有五個座位。而且，屏風後面就是他的房間吧。

當然沒有其他客人。

「有鹹味拉麵、味噌拉麵和混合拉麵。」

他走進櫃檯裡。

窸窸窣窣地撕扯塑膠袋。

「不會是速食麵吧？怎麼看都像札幌一番。」

我說。

「沒錯，不過我會加豆芽和雞蛋，還有奶油、胡椒和芝麻也放很多。」

他笑嘻嘻地說。

「多少錢？」

「三百圓。」

「那就給我混合口味的吧，還要啤酒。」

我說，心想「真糟糕，既然是速食麵，自己在家裡做就好了，這個人腦筋也有點奇怪。」

他動作俐落，從小冰箱裡拿出新鮮的豆芽川燙，接著又拿出冰透的罐裝啤酒。

小菜是花生。

「我覺得最好吃的拉麵就是這個札幌一番，我想證明這一點，用這興趣開拉麵店，但只在心情對的時候營業。」

「啊……你沒營業執照嗎？」

「當然！可是我有興趣。」

他笑了。

是這麼回事嗎？這塊地盤沒有流氓圍事嗎？警察不會來檢查嗎？我一邊想著這

些，一邊自在地喝著啤酒，吃花生。

「萬一有事時，只要把燈籠收起來就好，頂多被說幾句。」

他說。

那個說話方式、肩膀形狀、身體的動作……，我還是覺得認識這個人。可是不知道在哪裡見過。

拉麵很快端來，心裡雖然有點顧忌，但味道意外的好，我很高興。不只是因爲新鮮的胡椒、蔬菜和雞蛋，還因爲是別人做的，感覺特別好吃。

「妳住在附近嗎？我沒看過妳。」

他問。

「我不久前才回來的，我是海蒂咖啡廳婆婆的孫女。」

「啊，那家乳酪蛋糕店！那、你就是那個奇怪叔叔的女兒囉！」

他呵呵笑著。

「呃……我爸爸做了什麼事？」

我紅著臉問。

「前一陣子還穿著白袍，像精靈似的徘徊鎭上，臉上帶著完全開悟的微笑。」

啊呀，眞丟臉。

「聽說他在國外待了很長的時間。」

「沒錯。」

我說。還告訴自己，至少那件事比他一天二十四小時都穿著丁字褲冥想時好一點，也比他爲了淨化身體、只吃油菜、每天買一大堆油菜讓青菜店老闆覺得匪夷所思時好一點。

快要吃完時，屋裡響起奇怪的鈴聲。我以爲是客人，但他走出櫃檯，下樓去了。

我等了一下，心想該回去了，拿出一千圓放在桌上，正要走時，他又回來了。

「抱歉，總共六百圓。呼、呼。」

他氣喘不停。

「沒事吧？」

我問。

「是我母親，她的狀況不好，一直躺在床上。」

他說。

「記得去年的巴士意外嗎？」

「啊，聽說是很嚴重的車禍。」

我回答。

去年鎮上兩個里合辦旅遊活動，去洗溫泉。當時的巴士司機精神有病，駕車帶著全車乘客衝落山崖。眞相經由多位乘客用手機通知家人而暴露，引起嚴重騷動。我也看到新聞，還擔心家人或朋友有沒有參加那趟旅行？因爲即時看到聽到多人死亡的消息，整個日本都受到衝擊，以各種形式懺悔。

「我母親本來也要去的，但那一天就是提不起勁，於是只有我父親參加。我母親好像有預感，拼命阻止我父親，可惜他不相信，硬是要去，結果死了。」

「唉……」

「我母親因爲那個打擊，從此臥床不起。」

「是這樣嗎，眞是遺憾……。但如果是那樣，這裡不該是你開無照拉麵店的地方啊！」

我平常絕不會對雖然感覺熟悉但初次見面的人說這些話，可是他的雍容氣度讓我覺得說什麼都沒關係，因而感覺親近起來。他說。

「其實我是滑雪教練，可是母親那個樣子，離開她很不忍，想陪她一起作心靈復健。所以，我現在不能離家太久，幸好我父親還留下一點錢，今年可以休息一下。」

「這樣哦……」

「所以，我做這個是爲了散心，巴士公司也賠了些錢，我想今年就這樣過吧，因爲母親比較重要。」

母親比較重要，他坦然說出這句話，好開闊的胸襟！和打擊這個家族的厄運相比，我的悲嘆顯得微不足道，這樣想後，感覺稍微好過了些。

「我會再來。」

我要走時他叫住我。

「你父親會處理這種人心的問題吧？」

「是啊，我不清楚他的專門領域，但他確實長期參與這類事情。」

「哪一天讓我和他談談好嗎？我想請教他，如何處理我母親的想法？」

「當然可以，我爸現在美國，他一回來我就通知你。」

我說。

「謝謝。」

他笑著說。

我請他寫下聯絡電話，他叫大嵩光琉，依然是陌生的姓名。

胃部暖和，也閒閒消磨了一段時間後，整個心感到好溫暖。這世上有各式各樣的苦。從只有自己的狹小世界稍微探出頭來，想想別人的苦。光是這樣，對我來說，就是一件好事。

從那以後，大嵩偶爾來店裡坐坐。我在店裡時，他就在蘭花下吃祖母做的沙丁魚蓋飯。

沉默的時候，他看起來非常疲憊。眼睛下面有黑眼圈，悶不吭聲。

可是我一過去跟他打聲招呼，他就咧嘴一笑，像小孩子般笑得開朗，我才鬆一口氣。

有一天，祖母說。

「我總覺得見過那個人。」

我愕然一驚，「在哪裡？」

「我不知道，和現在的感覺有點不同，怎麼說呢？不是在街上看到的，好像是很重要的時候見到的。」

祖母說出和我完全相同的感想。

我們於是拚命思索，但就是想不出來。就像是被神矇住眼睛，想到了某個階段就再也想不下去。

半夜難過地醒來時，我偶爾會去吃拉麵。即使沒有實際去吃，光是想著「去吧，走那條路到那家店！」就能讓我安詳地進入夢鄉。

走在河邊，在黑暗中激動地望著星星走著。雖然雙腿又僵又冷，身體卻漸漸暖和。看到那個紅燈籠。

我和他完全沒有特別的進展。

彼此都身心困頓，激不起那種鬥志。不過，我叫他時從大嵩兄改稱光琉君，他也開始叫我小螢。

是嗎？我交了新朋友……我好高興。

在東京時，我總是以戀愛爲優先，完全沒有輕鬆認識新朋友發展友誼的時間。朋友頂多是在切割出來的零碎時間裡，簡短見面聊聊的程度。

在那簡陋的店裡吃他細心烹煮的速食麵時間，對我來說，是一種療治。行經幽暗的道路，抬頭看見燈籠時，那裡吹著像是讓人脫胎換骨的新鮮的風。

即使不吃麵，夜裡看到那個燈籠，也感到安心。偶爾會有小學生、或看似沒錢和寂寞的人在座，我想他們都是來尋求一個洞窟似的溫暖小窩吧。

我那分手的情人不太喜歡交際，對賺錢幾乎沒有興趣，對日本的大自然喜歡得不得了，不斷地旅行許多小鎮，拍攝看到的美麗或骯髒事物。光靠這樣不能生活，他也幫雜誌做很多事。我那種時候因爲是他的助理，也能有認眞工作的心情。

在他那些很少人物、幾乎都是風景的寫眞集裡，只有一張我的照片。是張笑著吃西瓜的照片，在千葉海邊拍的。刺眼的陽光讓我皺著臉，弓著背咬著西瓜，醜到極點的照片。可是我每想起那張照片，就想回到那個時候。每次照鏡子時，就是忍不住要比較那時的臉和現在這張沒有朝氣的臉。

我羨慕自己那大把浪費時間的無憂無慮表情。

他說，他和太太是師生戀，幾乎是一見鍾情，決定結婚，直到現在感情也不壞。可是她身體不好，對大自然和旅行完全沒興趣，讓他覺得很寂寞。雖然眞正好的地方必須一個人去，但有時候還是想和某個人分享那些景色。他談話中處處顯露，太太眞心愛他。即使他常常不在家，太太的嫻靜穩定感覺都不變。生產時差點死去，也拚命生下一個男孩，照顧得無微不至。她花太多精力在養育小孩，他大概很寂寞吧，於是發現了我。

認識他，是在朋友邀約去看的攝影展上。

我對住在東京感到有點累，渴望日本鄉下獨有的深沈景色和感觸，非常喜歡他的攝影作品。於是向站在接待處百無聊賴的他，發抒感想，讚美這些都是非常好的作品。

他很快地寄張明信片給我。

我們都靠直覺決定，要和對方共享人生的時間。

「如果錯過現在，就再也不會有了，我們必須不顧一切地維繫住彼此。」

他說。

在第一次單獨見面的咖啡廳裡，我們握著手哭泣。見面的歡喜和無法止於現狀的激動，讓我們深深覺得只能哭泣。

我想，我們或許眞的會結婚。之所以沒有，是因爲一點點的分歧。不過，就是那個分歧，說明了一切。我們開始交往後，立刻去看房子，尋找他買得起的房子，安頓兩人能在一起的少少時間。我會發簡訊，但絕不撥打他的手機，不論我有多想和他說話。那是我們爲了長久交往、仔細想出的機制。可是，還是因爲一些小事……，例如他兒子得了腮腺炎，或是岳父過世，這些時機上的分歧，使得巨大的衝動漸漸溶入日常，而我輸給了它。

有一次，我發高燒，幾乎陷入昏迷。迷迷糊糊中知道他來過、餵我吃藥、還做了一些家事。

第二天早上醒來，高燒褪了。

咦？他昨天來過嗎？是作夢嗎？看看枕邊，有一壺涼水，還有一張紙條，「如果燒還不褪，去醫院吧！」

我咕嘟咕嘟喝著涼水。因爲出汗，有點脫水現象，涼水特別甘甜。我搖搖晃晃地起床。

冰箱裡有削好的水果。鍋中有湯。衣服也洗好了。看見我的內衣褲在風中飄搖，感謝同時，也略感寂寞。

我想，他太太的身體眞的很不好，因爲他很清楚生病的人需要什麼。

現在，這份體貼爲我而來。只針對我。

我喝著湯，哭了一下。

這一定是他母親的味道，在他生病時爲他做的味道。可是，我這輩子都不會見到他母親，也不在他人生的巨大流動中。

我對結婚沒有興趣。我非常現實，不會夢想不可能實現的事情。可是，就在那個時候，我才明白結婚是怎麼回事。我不在那個龐大的漩渦裡面。不論我們感情多麼好，我不過是他生活中突然出現、像是幽靈的東西。

或許就像瑠美說的，我在很久以前，就已變成半透明的幽靈似的東西。

父親打電話來，說下個月要回來。

「那，我就在這裡留到那時。」

我鬆一口氣，因爲找到了不必在下個月前決定未來生活方針的藉口。

「這裡？妳那裡是倉庫吧？」

父親問。

「舒適愉快。」
「妳可以回來住，是妳的老家啊。」
「我偶爾過來打掃，吃點東西就回去，現在住的地方很舒服。」
我說。隨性所至、到哪裡都能住的父親立刻了解。他說最近住在阿拉斯加的偏僻鄉下，吃冰凍的魚和海豹。他聊了一陣那邊的生活後，說現在身體冷透了，想到暖和的地方，所以要回日本。我眞佩服他，挨冷受凍的尺度果然和一般人不同。
「對了，我有個朋友想見你，請教一些事情。你回來後可以見見他嗎？」
「男的嗎？」
「對，但只是普通朋友，他父親在上次的巴士意外中死了，母親臥床不起，他一定要見見你，聽聽你的意見，送母親去什麼醫院比較好？」
「如果是醫院的事，我大概可以出出主意，可以，我回去後就見他。還有，這雖然沒什麼，不過，妳記得瑠美吧？惠姨的女兒。」
父親說出他昔日戀人的名字時，清楚傳來他的依戀情懷。那位父親生命中最愛卻無緣分手的夢幻女性，也是教給父親許多事情的人生導師。

「那孩子也有不可思議的直覺，去找她商量也可以，也許能提出個意想不到的意見。」

「我知道，我試試看，我前些天去看她，她母親現在丹麥，還沒有離婚。」

我說。

「無所謂了，那已成了美麗的回憶。」

父親說。

「你和現在的女友處得好嗎？」

「嗯，我們大抵都在一起，感覺幾乎像住在一起。」

父親說。

母親死後，我們一家人隨心所欲，散居各地，但是和父親說話時，我總不自覺地回到小時候。完全忘掉無聊窘迫的東京生活，感覺像什麼事也沒有發生一樣。或許那就是時間慢慢醞釀出來、無可動搖的親情。

「咦？很有精神哩。」

瑠美看著我的臉說。

我打電話給她，她還沒吃午飯，於是約她來祖母的店裡。我請客，端出咖哩套餐、乳酪蛋糕和咖啡，我自己也當作客人，陪她坐在窗邊。

「這店裡都是蘭花味。好像身在戶外。不過，好美。」

瑠美說著，細心品嚐咖哩飯。她的吃飯方式頗值得一看。雖然吃得很快，但每一個動作都有型有款。

我深深覺得，她真是個有趣的人。她今天穿著牛仔褲，搭配刺繡襯衫，外罩人造皮大衣。

她搖著白白胖胖的臉頰，細心地咀嚼食物。

「瑠美，妳有男朋友吧？」

上次不好意思問。只是去了一趟她的房間，卻覺得滿腦子都是她的事情。

「有啊，在丹麥。」

瑠美微笑說。

「嘿！是丹麥人？」

「不是，是日本人。那裡有間出名的自由學校，他到丹麥留學，在那裡打工，進修各種教育理論，因爲將來我們想共同經營幼稚園。」

「好堅實的感情啊！」

我好佩服。

「我們很認眞的。我的人生沒有時間去做浮躁的事。雖然我眞的想再做一點浮躁的事。果然是環境的反動。」

瑠美微笑地說。

「將來，妳也可以來我們幼稚園工作，工作有困難時儘管來。」

「好高興哦。」

我沒想過要去照顧小孩子，但如果不是在大都市的狹窄建築物裡，而是在這種悠閒寬敞的環境裡，感覺也不壞。想不到萬一時期還有這一步可走。緣份眞是值得慶幸。我在東京毫無繫絆的孤寂世界，在這裡卻像抽絲紡紗般綿延向外拓展。

「對了，關於上次提到的那個男的，我想聽聽妳的意見。」

我告訴瑠美，祖母也覺得見過那人，以及他的遭遇。

瑠美專心地吃著乳酪蛋糕，點點頭，靜靜聽著。

然後，開口說。

「我好像看到什麼，有個明亮發光、像是有冰的地方，你們以前一定見過。」

「奶奶也在那裡嗎？」

「不，妳奶奶不在那裡，而是遠遠地看著……。」

瑠美像眞的感應到什麼。

「是這樣嗎？什麼時候才會想起來呢？」

「只要打起精神去想，一定會想起來的。現在的妳沒有能量盡力用腦，不要勉強。」

「謝謝妳。」

瑠美的語氣雲淡風輕，非常普通，讓我能夠輕鬆地感謝她。她母親一直照顧著人心，這個才能也遺傳給瑠美了。她知道在絕不扭曲自己的情形下讓別人平靜的方法。

「不過，他的母親就可憐了。」

瑠美說。

「她深深陷入那個無所遁逃的懊悔地獄裡。面對著如果是一般人恐怕早已受不了而自殺的痛苦之路。可是她選擇正面迎向痛苦、耗費時間來平復的作法。那件意外，眞的很恐怖。大家都發現司機的情況不對勁，紛紛打電話通報家人。司機察覺後，直接衝下山崖。他們的家人都透過手機聽到那個過程。車上的人想必都嚇壞了。」

「全部罹難了？」

「對，無人獲救，連嬰兒、老爺爺、老婆婆都死了。整個小鎮飽受驚嚇，有一段時間，人們每看到巴士就哀傷不已。」

「我人在東京，因爲新聞報得很大，認識的人也告訴我許多，好驚訝。」

我記得看到那個新聞時緊張到全身疼痛。

「小孩子只要有地方可去，都會亂闖，那些無處可去的人就會變得老實安分，積存許多心得，減少發生這種意外的機率。所以，我還是快點開一間幼稚園吧！」

瑠美充滿健全的力量。背脊挺得筆直，聲音清亮，和她母親一模一樣。

「瑠美，妳一定會成爲算命師。」

「不，我還是比不上眞正專業的我媽，而且，母女走同一條路，好無趣。」

瑠美笑說。

我在二十五歲時才知道自己是多麼幼稚。我爲別人耗掉自己的時間，所有的成就只是攝影現場的小助理，以及抽空學習拿到的指甲彩繪執照。可是就有人在這同樣漫長的時間裡做適合自己的事、認眞地凝視自我而活。

我太天眞了。我想，在好的意義上，瑠美那樣是一種踏實。不過，那是因爲她童年孤寂，因爲她能夠細細玩味那用清理墓碑來安撫心靈的孤寂童年感受。

母親死後，大家都同情我，祖母和父親尤其寵愛我。我就緊緊黏著那種感覺不放，直到現在都沒改變。

「不過，話說回來，那位母親只要有一點契機，就能轉變心情。無論什麼都可以，光是妳到她面前，都可能帶來轉變。再來，就是一些能讓她笑的事情。這只是我的感覺。我不是專家，不敢保證，但我覺得她現在分裂成兩半，其中一個很想就這樣死掉算了，但是另一個還在那裡撐著，非常清楚自己的情況，掙扎著想要抓住一個契機。」

「什麼契機？」

「她看電視嗎？」

「不知道，我去問問看。可是妳爲什麼要問？」

「如果有，最好別再看了。現在讓她繼續看電視，只會使她更衰弱。」

瑠美望著遠方，像看見什麼似的果斷地說。因爲這樣，我也能坦然接受。

「我知道，我試試看。」

「還有，那個人是很陽剛的人，我感覺他在物理上已達到限界了。」

「我也有同感。」

「既然是朋友，妳就幫幫他，那樣做也會讓妳恢復元氣。」

「嗯，我知道。」

瑠美還說，「抱歉，我不是職業算命師，等我媽回國後，一定介紹給他。」

「也要介紹妳的男朋友哦！」

我說，很感興趣地問，有沒有他的照片？

瑠美有點害羞，板著臉從皮夾拿出照片。

是一張個子很高、稜角分明但看似溫柔的他，和瑠美站在寒冷的丹麥街頭拍的歡笑照片。拍攝地點是很有名的哥本哈根皇家瓷器總店前，行人很多，他們背後的櫥窗裡，擺設許多那有名的藍色花紋瓷器。

冰冷清澈的空氣中，遠距離戀愛的兩個人久別重逢，緊緊挽著厚重外套包住的手臂，燦爛地笑著。

愛侶的甜蜜感覺也溫暖了我的心口。

冬天還長，窗外是低垂陰沈的天空。但在這像是溫室的店裡，還有一桌老太太親暱交談的溫暖室內，我彷彿覺得時光倒轉。瑠美和我還是小孩，那就要變成姊妹的心情，那有點麻煩、浮躁的心情，隱隱甦醒過來。

離去時，瑠美說。

「小手套……，妳想過沒有？」

「手套？怎麼？」

我驚訝地問。

「我完全沒有想過。」

不過，雖然完全沒有想過，卻有突然閃過腦中的印象。是個紅白相間的兒童手套。

「不知怎的，剛才突然想到，那或許能讓那位母親微笑。」

瑠美說完，揮揮手過橋。

睡在倉庫裡真的很愉快，我買了小茶几，稍微有點自己房間的氣氛。我只拎著一個手提箱回來，能裝的換洗衣物有限，我跑回老家拿些母親的舊衣服，也去大鎮買些新的，衣服漸漸塞不下手提箱了。還有，墊被硬得像煎餅，害我老是睡不好。怪哉，大山倍達（極真空手道創始者）確實曾說，人睡在越堅硬的地方，越能鍛鍊健康，可是……我雖然認同他的說法，但還是跑去超市買床墊。感覺增加這些東西後，生活也開始了。

那天也是貼著堅硬地板而睡，脖子好像扭到了，雖然有點痛，我依然扛著大床墊走在道路上。床墊並不重，但因爲脖子痛，我走走停停。雖是隆冬時節，大衣底下還是汗濕一片。吹過河面的風感覺好舒服。

有輛車不停地按我喇叭，我以爲有人要跟我搭訕，原來是光琉君的車。是奔馳雪地的大型4WD。

「要不要上來？」

我高興地坐上去。

他精神抖擻地放著音樂哼歌。

「你母親怎麼樣？」

「幾乎都不起床了。前些天請出診的醫生來看，檢查她的身體機能有沒有問題，結果發現她身體發霉了。居然有這種事情！房間都有開窗通風啊。還有一點褥瘡……有位親戚阿姨幾乎每天都來，她不能洗澡的時候，都有幫她擦拭乾淨身體啊。」

「她會坐起來和洗澡嗎？」

「偶爾，有點精神的時候，她會自己洗，可是動作不能隨心所欲，很辛苦。她最近幾乎都不說話了，一直睡。」

「這對家人來說，是個衝擊。」

「我跟她說很多話，但她大多數的時間都像在另一個世界裡，感覺好遙遠。那大概眞的是另一個世界，她在那裡靜靜療傷，像野生動物一樣。我完全不知道自己母親有這種本事。我也知道這樣下去不行。因爲野生的生物受傷如果不治療，會就那樣死去。」

我問他電視的事。

「電視永遠都開著，睡覺時我會關掉，聽妳這麼說，讓電視擅自闖進她的生活，眞的讓她越來越沒氣力了。我就跟她說電視壞了、要買新的，或是店裡的客人想看，把電視搬出房間幾天看看。」

他的表情稍微恢復元氣。

「就一天如何？我幫你看家，你出去走走……，對了，你可以去滑雪。」

我說。

「那不好意思，我不想讓老朋友看到我母親那樣子，行不通的。」

「你只要把手機號碼和那位阿姨的聯絡電話留給我就好。我不是你的老朋友，豈不正好？因爲我完全沒見過你母親健康時的樣子。」

他沉默許久，想著遙遠的雪山。那份憧憬、那份渴望也傳達給我。

下車時，他細心地從後座拖下我的床墊，幫我扛到倉庫門口。這些細膩的動作、拉麵的新鮮豆芽、還有他家中的植物情況，都顯示了他的教養。

我從這些事情上，知道他母親是個開朗的人，他的父母雖然默默無名，但可能很優雅善良。

「謝謝妳，我會好好考慮。」

他坐上車。

「不過，光是聽到妳的建議，即使實際上不可行，但也像已經去滑雪似的心情爽快了。」

他笑著說。

我並不是要和光琉君交往，只是因爲有空，也覺得話說出去就算了這樣不好。

於是某天下午，帶著乳酪蛋糕去探望他母親。

當然是確認他在家以後才去。

他不是從往常的拉麵店門口、而是從樓下的正門口出來。

「她會不會不想見人？」

我問。

「沒問題，她偶爾會見我的朋友和親戚。」

他說。

「電視這三天故障沒開，看樣子反而是好，她閉目養神的時候多了。」

光琉君了不起的地方是，能不干擾臥床不起的母親，而適度自在地和母親相處。那個分寸我拿捏不準。

如果是能治癒的狀態，要是一般人，會爲了自己的方便，都希望她早一天好轉吧。但他不是這樣，一點也不焦急，抱著隨緣的心態。

我能做到這個程度嗎……，如果能夠順利轉換心情，應該可以做到吧。可是我覺得自己無法相信尊重對方到那種程度，感覺自己終究被社會的觀念和該有的復元跡象所束縛。

我一定是她肯吃飯時我就高興，顯露感情時我就歡喜，如果沒有，就莫名地感到焦慮、浮躁。即使知道那樣做沒有意義，還是老想著以後的事。

對於思而行，我的心是否過於遲鈍？我是否並非消沈，而是還會再變？朋友雖然什麼也沒說，也讓我這樣感覺。

玄關旁邊像是儲藏室的地方，放著現在沒有機會出場的滑雪板、靴子和器材，看了有點心疼。

「你溜冰嗎？」

我突然問

「有啊，小時候還想當選手呢。現在因爲滑雪場就在附近，又當了教練，很少溜冰了。怎麼？」

「沒什麼，只是突然想到。」

我說。

進來吧，他打開母親房間的門。

感覺陰暗潮濕的房間。積存著臥床之人的味道和悲傷情緒的殘影。他母親縮在棉被裡睡著。他打開窗簾和窗戶，他母親瞇起眼睛。瘦得簡直像一副骷髏，非常衰弱，胸前的鈕扣脫落。睡衣上很多污漬，指甲也很長。

光線變亮的房間裡有個佛龕，放著他父親的照片，和他很像。

「這位是我的朋友小螢，就是那個怪教授的女兒，乳酪蛋糕店婆婆的孫女，她帶了蛋糕來，現在吃嗎？」

他母親微微一笑說，

「等一下再吃。」

然後看著我的眼睛說，

「需要時間呢！一切都需要時間。只要花些時間就沒事了。」

這句話不帶一絲社交客套和謊言，我只能點頭稱是。想到她是眞的這麼認爲才這樣說，就覺得我的任何安慰話語都顯得多餘。

「她身體都在那樣的說法中變壞了。」

光琉君說，泡茶去了。

「我來看您，不會給您添麻煩吧？奶奶要我代她向您問好。」

我說。

「如果現在勉強起來，以後會出現大毛病，所以要小心。我沒事。光琉很擔心我，總是看護著我，但我眞的沒事。」

他母親說。

沙啞的聲音讓人感覺她連說話的氣力也快耗盡。

「就請慢慢地等待時間過去吧，希望我也能幫上一些忙。」

我只能這樣說。她和我不同，她沒有逃避自己的狀況，而是正面迎戰。即使指甲那樣長、臉色那樣壞、頭髮那樣蓬亂微髒，她還是保有自己。

她的眼睛流出透明的淚，我輕輕握住那骷髏般的手。都是骨頭的冷手。

「我滿心期待地嫁過來，他眞的是個溫柔體貼的人，我們一直很快樂，也生了孩子，每天像做夢一般。」

說完，她閉上眼睛，發出輕輕的鼾聲睡著了。

「啊呀！睡了！那、我們到那邊喝茶吧。」

端茶進來的光琉君說。

我感動得流淚，我輕輕擦掉眼淚，站起來。他把茶水放在枕邊，輕輕地關門，動作輕柔地像用手掌握住掉落的羽毛。

「她今天的體力好像用盡了。」

光琉君說，笑了。

我一邊喝茶，一邊說，

「你母親並非不明白自己的境遇。」

「是啊，所以我才不敢要她勉強打起精神。」

他還說，即使錯過一個冬季，滑雪場也不會逃走。

「光琉君，你有女朋友嗎？」

我問。

「變成這樣以後，她就突然跑了，雖然我們已交往了五年，我還想，和她結婚也好。」

他說。

「這樣啊，現在沒有東西介入你和母親之間囉。」

「她就是用這個當理由跑掉的。」

他笑了，我也笑了。

此刻，在這間屋子裡的人，包括我，都處在無聊的狀態。而那種無聊卻產生一種奇妙的舒適感，像冬眠中的熊，自然而然地縮著身體熬過冬天。這棟屋子的樓上突然變成店家的混沌、沒有表現機會的滑雪器材、晾曬衣服的地方、沾著茶垢的茶杯，都顯出奇妙的和諧。

他母親說「現在只能這樣」，這句話份量十足，那不是逃避，一定是想了又想再想出來的。

「我想，有那麼一天，你母親會自己決定重新站起來。」

我說。

「我不擔心她的心，而是身體……」

他說。

「母親向來意志堅強，在我看來，她的心力非常強，也因此疏忽她身體衰弱的事實。我是靠勞動身體維生的，很清楚這點。身體必須和心產生連動，發揮微妙的力量。即使心衰弱了，只要能動身體，還能保證最低限度的健康，這種情形很多。

因此，像她那樣完全不使用身體的機能，控制心的力量會跟著轉弱。我現在唯一擔心的，就是不要惡化到無法挽回的地步。通常，心力強的人都認為只要牢牢穩住心，身體也會穩住，而不注意身體。可是，人啊，一旦越過某條界線，就會因為身體衰弱而拖垮了心。」

「她不會想拋棄那個最低限度的保證吧？」

「她會像高僧坐化嗎？不會迷迷糊糊地就過去了吧？如果她死了也糟糕。我總是保持樂觀的心情，覺得沒問題，但只有想到這件事時會心情黯然。」

「她一定會轉變的，現在好像是在蠶繭的狀態。」

他點點頭，像想起不太願意想起的事情，開始說。

「那天早上，她都準備妥當，卻突然說頭痛不去了，好幾次勸阻我父親說，你也別去吧。可是我父親因為有好朋友同行，就說他自己去。然後她就像小孩子似的哭起來，就像常在百貨公司看到的吵著要買東西而哭鬧的小孩，拉著我父親的手，坐在地板上，哭著說她頭好痛、快要死了、帶她去醫院。那光景非常詭異，我忘不了。後來發生的那個意外也很詭異。現在想起來，那天早上，我們家人似乎都被那個凶手的心的力量緊緊包住，處在無法掙脫的狀態。甚至整個鎮都已經被那顆邪惡的心覆蓋，喘不過氣。大家像是隱隱知道、卻又無能為力地跳進那個命運裡。我父親在那個詭異的磁場裡也有點失常，堅持一個人去。還很體貼地對母親說，讓光琉帶妳去醫院，然後揚長而去。」

「你母親想必非常懊悔吧。」

「她是不是想一起去呢？」

他問。

「如果她那樣做，你不就變成孤獨一個人了。」

他訝異地看著我。

「是啊，幸好沒去。」

他說。

他似乎眞的在煩惱，好像讓母親也去比較好。這個家族的特殊價値觀令我感動。

「我們家好像和巴士有緣，我外婆在做和巴士有關的工作，這說起來有點奇怪，不過她藉著在巴士總站工作的機會，讓各式各樣不好的事物遠離小鎮。因此，我越想越可能是有人對她不爽或是記恨，而這樣報復，也是因緣吧。」

光琉君說。我這時還摸不著頭緒他說什麼。

「或許確實有所謂的因緣，也有不好的次元。可是，你並非全家都死了，你母親還活著，情況也比想像中的好，或許要花一些時間，但她一定會復元的。」

「如果她一直看電視，會怎麼樣？」

他問。

「我有經驗，我認爲那是一種中毒。早上起來先打開電視，一晃眼一天就過去了。」

我說。

那是我孤獨時立刻陷入的症狀。雖然沒見到半個人，可是一天結束時，許多人的許多聲音和模樣塞滿腦袋，雖然身體沒動，卻非常疲累。可是，沒有聲音的時間很難過，音樂又會讓我想起太多事情。因此，節目內容越無聊，我就越輕鬆。我那時感覺就像一隻幾乎沒有腦子、眼睛只追逐電視的蟲子。無精打采到還不如躺在陰暗房間裡的情況。

光琉君並不知道我陷入那陰暗沉重的回憶、眼前瞬間一暗的心境，問我「要吃拉麵嗎？」但是午休時間已過，我告辭離去。

來到屋外，河水一如平常地閃閃發光，風吹草動。散步的人和吃便當的人，臉上看起來都在發光。

我覺得這個充滿活力的景色很美。向晚時分，陽光散發最後的氣勢，人們在它的恩惠下繼續活動。古早以前，在文明誕生於大河周圍的時代就是這樣。太陽東昇，駕著金色馬車抵達西方消失以前，人們承接它的能量，繼續生存。在這單純的流動中，有著一切的側面，生命的力量沉澱、撕裂、撞擊、沉沒，產生出巨大的起伏。

可是，對此刻光琉君的母親而言，這股流量太大、太強、也太刺眼。

「我想起來了，是在哪裡看過那個男孩。」

店裡公休那天，我和祖母開車前往可以當天來回的溫泉泡湯。泡在溫泉裡，全身暖呼呼的，我們在休憩處喝著冷茶，遙望寂寞抑鬱的群山時，祖母突然說。

「光琉君？」

「對，我想起來了，還記得妳小時候感染肺炎差點死掉的事嗎？」

「嗯，我聽說過，可是那是五歲時候的事，我不太記得。」

「妳突然呼吸困難，送往醫院時，妳媽媽跟著救護車一起去，我是坐妳爸爸開的車跟在後面。」

「這樣哦……」

我爲那份懷念再次悸動。

我清楚記得母親陪伴我的光景。

「那時候，我看到生平第一次的幻覺。」

祖母說。她很年輕時就生下父親，因此不顯老，只是眼皮已經鬆垮，手上的斑點也醒目。說我是浦島太郎，不如說我死了一半。我並不後悔，只是感慨很久沒有這樣和我所愛的人並肩坐在一起欣賞風景了。

戀愛確實很好。可是，我再次實際感到，這個世界還有更大更重要的事物。

「接近大橋的時候，不知爲什麼，橋旁的堤防很亮。看起來很亮。就像夜間球場一樣，感覺很熱鬧。我仔細看時，也不知爲什麼，水邊聚集了一些人。有老人、小男孩、抱著嬰兒的女人，各個年齡的男男女女都很快樂。」

「他們不就是在散步嗎？」

我說。那種光景，即使在隆冬時節也常看到。因爲這個鎭上的人，想轉換心情時都會到河堤上散步。

「妳別認爲奶奶老糊塗了，我眞的看見了奇怪的光景。那裡不知怎的有個溜冰場。」

祖母有點難爲情地說。

「沒有溜冰場啦，確確實實。」

因爲那裡只有河堤。

「所以我自己都覺得有一半像做夢啊！可是我又有清楚的自覺，反正那裡就是光燦燦的一片。氣氛有一點不同，大家都異常地面帶微笑，很幸福的樣子。男女老少聚在一起，有人在溜冰，有人沒有溜冰，帶著非常自然的笑容看著什麼。偶爾指著對岸的方向……。那一瞬間，我也忘記自己的立場，跟著微笑起來。他們說說話、逗逗嬰兒、蹲下去又站起來，每個人都因悠閒的動作，美得發光。冰看起來也是淡淡的珍珠色澤。」

「那風景和我的病有關嗎？」

「妳也在那些人裡面，可是當時妳應該在醫院裡。」

祖母說。

「我在那裡？」

我問。

「會不會是天堂？我死了一次？」

「我不知道。因爲妳笑的很高興，我忘了擔心妳。妳一下子做出跳舞的動作，一下子拉著陌生老婆婆的衣襬，非常悠閒的樣子，笑容燦爛。我清楚記得，妳身邊有一個男孩，穿著紅色的羽絨衣。你們牽著手，緊挨著臉，笑嘻嘻地，很自然也很幸福似的一起溜冰。」

我立刻知道那就是光琉君。

「啊，好快樂……，那朦朧奇妙的感覺只有短短的一瞬。我問『那是怎麼回事』時，車子早已開過那個地方。我那時恍如夢中驚醒，突然發抖……該不會是妳死了吧？那地方不是天堂吧？可是妳那樣子好幸福，就像妳嬰兒時第一次笑的時候。臉頰鮮紅、眼睛晶亮。我心想，啊，我的孫女兒永遠都這麼快樂，都被這種幸福的光芒包圍，不知有多好啊！我不覺流了淚，因爲妳看起來是那麼快樂。」

「那是小時候的光琉君嗎？」

「對，和現在的他長得一模一樣。」

祖母點點頭。

「越來越像個謎了。」

我說。畢竟我昏睡了三天，清醒時大家都在哭，我卻什麼都不記得了。因爲又熱又難受，或許連夢也沒做。

「妳去問他有沒有瀕死的經驗？如果有，那就是奶奶最初也是最後一次的神祕體驗哩。」

祖母興奮地說。不愧是那種父親的母親。

溜冰……這個印象不知爲什麼，很容易就浮上心頭。前些天去光琉君家時，突然想起溜冰的事，或許有什麼關係。

某個回憶在我心裡多留一點時間，就會出現和某件事相關的跡象。泡湯後，凝視著高山和國道上往來的車輛，感覺無限輕鬆。我們想吃燉麵，站起身來。

這段時間裡的一切，無法用幸福等詞句來表達。那是一種無限開闊的活著感覺。

這樣忙東忙西的，我漸漸忘記了。

那份痛苦、籠罩那個房間的沈沈寂寞、眼前發黑的感覺、以及像是嘔擠出來的眼淚。

感覺身體方面也漸漸忘記了。回憶有時突如其來地發作，讓我一陣手足失措、心神茫然，但次數明顯減少。身體裡面的那種生活感觸漸漸消失，我的樣子也改變了。臉龐不再鬆垮、浮腫和茫然，眼睛炯炯有神，臉頰的線條也尖銳些。

我確實感到時間力量的可怕。就像被河水推著向前，即使想回頭，也抓不到那種感覺的尾巴了。

那晚，我在瑠美家過夜。

換好睡衣，洗過澡，懶懶地待在房間裡。偶爾爲了換氣打開窗戶，冷空氣裡微微摻著花香的春天氣息。

瑠美說。

「妳聽我說，前些天有個男孩撿到一隻小鴿子，就把鳥籠放在門邊，拚命照顧牠。他眞的很認眞。專心餵牠吃東西，帶牠去看獸醫，忙得幼稚園的很多課都沒上。那隻鴿子和他完全心意相通。他也眞心愛所有的鳥類。可是，那隻鴿子被流浪漢吃掉了，我不知道該怎麼安慰他才好。」

「吃掉了？」

「是啊，住在河邊的歐吉桑偷走鴿子，烤了吃掉。」

「用完全不同的眼光看同樣的生物，會是這樣嗎……，對那孩子來說，那是無限憐愛的對象，在歐吉桑眼中，只看到烤乳鴿。」
「聽到這事，想笑同時，也有針扎的心疼感覺。」
「不是針扎的疼，是錐心的痛！」
「他們生活在完全不同的世界裡，不能判定是哪一邊對。要採取哪個立場？是個人的自由，但是大多數人都會感到針扎或錐心的痛，如果沒有這樣的感受，是無法和孩子們溝通的。可是，只要我們活在這種日常裡，超越那種事情的概念，即使說出來也沒用。雖然讓他們知道有這種事情比較好。」
「那妳怎麼跟他說？」
「我只能說，那個歐吉桑看到的世界和你看到的不一樣，所以你更要珍惜自己的世界，不論被摧毀多少次，都要把它重新建好。」
「好艱深哦！我果然沒有在妳這裡工作的自信，我沒有那種堂堂的自信。」
「可是，我總在想，如果這是一個人人都愛護鴿子的世界，我住在裡面會幸福嗎？我接觸不同的想法時，都會感到衝擊，自己的世界也跟著拓展。」

我同意。在這小鎮上，關係模糊的我們在溫暖的房間裡聊著那件事，是很無聊。可是，談話中契合的東西又牽起了什麼，像是小星星的東西在這裡誕生。

完全放棄了青春時代的我，對此感到格外愉快。像是回到一切都感覺新鮮的小時候。

在那段稱爲青春的時期裡，我想得到的就只有食物和性愛。當然，他的照片總是把我帶到美好的世界裡。但那是從別人窗口看到的景色。

瑠美鋪好墊被，我睡沙發床。

雖然不是睡在一起，但關燈後還是東聊西扯。

瑠美說。

「那時候我好期待，如果我們做了姊妹，我就不必和幽靈、河童什麼的，而能和人親密相處了，可惜他們兩個分手了。」

我感動得有點想哭。

「那時候我以為妳不需要我，妳和妳媽都過得很自在，姊妹什麼的看起來像是一種拘束。」

「才不是呢！我哭得好傷心，可能有個姊妹的喜悅消失後，我又只好繼續一個人玩了。」

瑠美說。

「我一個人跑到河邊，亂闖墳場，不知不覺又習慣一個人了。」

「現在不會了。」

我接著說。

「因為做姊妹和做朋友是一樣的。」

我知道瑠美在黑暗中笑了。

「小螢，回來這裡吧。」

「幫我算到的嗎？」

「不是，是我希望。」

瑠美說。

「這裡有承接妳人生一切的人事物。」

「不會是光琉君吧！」

「是有他，我不太清楚，但也有河。」

「河……」

我這才說出心裡的想法。

「我覺得那河讓我神思茫然。回到鎮上後，我被河水包圍，被河聲吞噬，和這個鎮上的人一樣，不由得頭腦空茫，彷彿被守護的光暈包住，想法也漸漸傾向樂觀，像在一個巨大的夢中。好可怕。」

「我懂……，可是，在東京有東京的夢，在世界的任何地方，都一樣有獨特的夢，有被包覆的幻想。大家都以爲自己在外面，其實都逃不出在家鄉的夢。每天繼續自己的生活方式，有一天，就會明白那個結構，就像剛才說的，覺得河的力量越來越大。」

瑠美說。黑暗中那聲音像來自夢中，雖然朦朧地滲進耳裡，但印象格外清晰。

「妳也有這樣的經驗嗎？」

我問。

黑暗中，瑠美的聲音靜靜響起。她的頭髮在窗外照進來的朦朧光線下微微發光。

「有啊，因爲我一直是一個人，一直想從這個鎮夢、所有鎮民夢中逃出去而奮戰，可是回過神時，我不知何時已經身在外面了。」

那意味著什麼呢？我想是各自不同的路。不論身在何方，我也會深入思考自己的內在吧。或許踏出幻夢之外一步，可能是又轉進另一個幻夢裡。那是持續一輩子、沒有勝算的戰鬥。

我唯一知道的是，有個感覺相同的有緣人活在此時此地。而我，正漸漸找回失去的東西。

的確，如果那就是青春，我的年紀或許太大，可是在那一刻，我確實有只能那樣形容的感觸。

我又有被什麼東西輕輕包住的感覺，墜入柔和的睡眠裡。

就這樣，割裂的傷口慢慢痊癒，新的細胞一點一點長出來。不知不覺中，我的想法也和受傷的時候不同了。我的身體可以自在地把焦點對準現在的自己，隱約感到美好的過去。我想，設法把這股療傷的力量用到光琉君的母親身上吧。

那晚，我做了個夢。

我去光琉君的拉麵店，不知爲什麼，他不在店裡，但有一位很慈祥的陌生歐吉桑。我想，他是光琉君的父親。他在找東西，我問要幫忙嗎？窗外不知怎的，變成漆黑的樹林，高大的杉樹聳立，遮蔽了天空，樹葉縫隙間看到無數的星星閃爍。他說，糟糕，我眞笨，忘記把要送給太太的重要禮物埋在哪棵樹下了？

我說，既然這樣，爲什麼在房間裡面找呢？他笑著說，要先找到畫著那個地方的地圖，但是在這裡見到妳，說不定妳就是那個地圖。我說，我是人啊！他笑著沒有回答。接著我就說，我也完全忘記把東西埋在哪裡了。這時，窗戶敞開，風很涼爽，吹得非常舒服。他說，不是放在你老家的衣櫥裡嗎？

我醒過來，在靜靜觀察瑠美的鼾聲、長了足癬的腳掌和每天照顧小孩練出的臂肌中，完全忘掉那個夢。

不知什麼時候，光琉君的拉麵店燈籠不見了。我問他怎麼回事？他說附近的麵店老闆委婉地跑來抱怨，說他這樣便宜做生意，害他們都沒有客人上門了。從那以後，燈籠就卸下來了，可是晚上只要屋裡亮著燈，老顧客還是不由自主地試著按按電鈴。

「這樣好像祕密俱樂部。」

「這樣，晚上就不只是招待朋友吃拉麵了。」

我和光琉君開著玩笑，像往常一樣坐在櫃檯前吃麵，如果他沒開燈，我眞的會不叫門，就掉頭回去。

我很清楚，自己是多麼依賴這段時間。如果是約在外面見面，就會變成鄉下單身男女的約會了。那是世間性的大事。我沒有顧及那種事情的活力。只希望時間就這樣自然、不經意地過去。

有天下午，我到超市買東西，看到光琉君，我在招呼他前，先靜靜觀察他的樣子。他挺胸大步，買了一大堆泡麵，又認眞挑選白菜、豆芽和香菇。

那個動作讓人感到輕鬆愉悅。

他對很多事情完全不急，什麼也不急

我對自己不知道他這一點，有些愕然。

我以爲他是爲了轉移心情，設定什麼目標，爲了空出來的時間不會無聊，所以煮麵給別人吃。

但完全不是這麼回事。他現在只是單純地在做那件事而已。他不是在等待母親痊癒。他不是很想回到滑雪工作、但因爲不能離家只好賣麵的可憐人，他就是他原來的樣子，不論在哪裡，他就是他，不是其他什麼。

我完全不知道，爲什麼會在那家超市冰冷的走道上突然想通這件事。看著整齊排列的各色食材，在稀疏的人群中，我停下腳步，拿他和自己比較起來。

我恍然大悟。

我不是因爲失戀、可憐兮兮地離開東京、無奈地待在這裡，我只是想休假而歡喜待在這裡，以後要到哪裡也無所謂。這麼想後，我清楚知道束縛我的鎖鏈又斷掉一根。

從重力中獲得解放，那一瞬間，像從美麗的高處俯瞰世界。

「這才是療治的過程嘛！書上也有嗎……」

我嘀咕著，也選了速食拉麵，被光琉君發現。

「妳自己也買，那我的生意要關門囉。」

光琉君說。

「我只是想偶爾換換口味嘛。」

「不行，這是變心。」

「我從小就老是吃鹹味拉麵。我媽死了以後，我爸總是煮鹹味拉麵給我當午飯。」

「配料呢？」

「奶油和菠菜，永遠是這樣。」

我說。直到現在，光是聞到鹹味拉麵的味道，我就想起母親不在家的感覺和父親煮麵的背影。鍋子的聲音和自來水的聲音。父親總是把水量開得很大，菠菜沒有川燙就下鍋，使得麵湯總是浮著渣子。那段期間父親的無聊和認眞。啊，光琉君煮的拉麵味道因此讓我安心嗎？

那個時候，時間就像魔法般溫柔地對待父親和我。

我們的生活中，常有認爲母親在家的時候。我們因爲悲傷，精神多少變得有點奇怪。有時候，兩個人流著淚互相說，「剛剛媽媽在這裡」，「對，剛走過去」。實際上我也看到母親在照顧盆栽、在我睡著時來叫醒我。

現實和另一個世界的境界突然變得稀薄時，會這樣遇到死去的人。我很清楚這種感覺。當我專心思考到自己快變成透明的程度時，那個境界不知不覺就變得稀薄，看見母親平常做事的模樣。沒在做事時，她的影像也靜靜佇立，凝視我在做什麼。我哭的時候總會聞到母親的味道，母親的手搭在我肩上。那活著的時候常常歇斯底里用力捶我的手掌，死了以後卻是那麼溫柔。母親也知道她不能這樣留在這世上太久了。

現在，我難得感應到母親。一定是在她剛死後，父親和我特別接近她的世界。因此，我的悲傷意外地少。感覺每天像被連續施了法術般隨著一股強勁的力量流動。母親不在了，可是那時候母親的存在感覺，更強烈地將我和父親的人生從過苛的時間之流中隔絕出來，包覆著我們。

那種被包覆的體驗，讓父親更傾向神祕的世界，即使我沒看到河童和初戀的幽靈，我也變成非現實感覺的女孩。我忘不了母親的愛情直接滲入我體內時的氣氛。就像高原上清澈冰冷的早晨空氣。強光耀眼，不論何時何地，都感到大量的光從天而降。

「這是一個擠滿怪人，像瑠美、光琉君、光琉君的母親、我的母親和祖母、我父親等等怪人的奇怪小鎮。就像是祕密結社般，注重看不見的事物。」

我沒有說出來，但心裡確實這麼想。

而且，我還做了結論，這一定是那條河的關係。一定是河的氣息滲入人們心裡，帶來深深的影響。

對了，母親最近一次出現在我面前，是我在開車途中感到萬念俱灰的瞬間。是在和他分手後，開車去兩人常去的攝影地點時。我獨自看著風景。櫻花殘紅點點的山間景色朦朧，我到我們常去的溫泉，靜靜凝視那總是相約碰頭、如今卻無人相候的大廳。我想尋求某種感情的餘韻，有的只是「和過去不一樣了」的現實。

歸途奔馳在漆黑的山路上，我已經有點自暴自棄，看到對面來車也不小心閃躲。但是我討厭有人死，因此只是避免撞上山壁而已。我想，這是租來的車子，也無所謂，應該有保險吧。

那個時候，我已經沒有情人，也不是攝影師的助理，只是什麼都不是的凡庸之人。我從來沒看過這樣一無所是的自己，感覺很新鮮，但也是第一次感受到緊抓著過去不放的自己。體會到如果沒和他在一起、連方向都找不到的習慣的可怕。

在一個大轉彎處，爲了閃避對向來車，我滑向像是展望台的停車場，心想如果那裡有車子的話就完蛋了，我閉上眼睛。

那時候，整個擋風玻璃上是母親放大的臉。我猛然睜眼，發現一輛車也沒有。趕緊轉動方向盤猛踩煞車。車子顛仆地停下，我的心臟猛跳，看到晶瑩閃爍的夜景。我最討厭的都會之光、那些安詳窗口散發出來的大量的光，就像漆黑波浪間發光的美麗螢火蟲般閃爍生輝。

「沒有第二次囉！不可以再這樣哦！」我聽到母親的聲音。眞眞確確。不是在我心裡或耳朵裡面，是在車中確實聽到的平常聲音。

我恢復清醒，全身發抖，剛才差點被拉到死亡邊緣。記得經常獨自到深山的他說，

「山路雖然很有魅力，但是超過某個界線時，就是生與死沒有區隔的地方了。人就那樣進入另一個次元。這時，如果自己的心很脆弱，許多眼睛看不到的存在會不經意地把人拉往死的方向。那裡並沒有詛咒、作祟等我們可以輕易名之的幽暗感情，只覺得就是那種東西。在那裡，死變得很自然。我好幾次被那種東西團團圍住。我忘不了那種不知不覺中被上身後像是寂寞又恍惚的感覺。那時候拍的照片裡面，其實有很多人沒有看過的東西，那些看不見的能量被濃縮了，濃到惹人厭的程度。」

現在想起來，我會喜歡他，就因爲他具有持續接觸那個世界的敏銳氣質吧。也因爲如此，他決定和我分手，也能夠斷然付諸實行。沒有緊追不捨的依戀電話，也沒有突然的到訪。

因為他那時已經窺見，大自然真正的可怕，不是黑暗、孤獨那樣簡單，而是有一條界線，越過那線，生死相同。那是不帶感情、斷絕一切的尖銳世界。

我那時或許曾短暫地靠近那裡。

仰望著男人的臉，走在冬天的鎮上，就會想起戀愛的事。感覺胸口的新鮮傷口又要流血了。

我繼續走著，心情愉快。光琉君提著我的行李，一起走到停車場。白雲覆蓋遠山。望著天空，藍得彷彿要把人吸進去，乾淨得沒有一點瑕疵。

我們開車上山，打算兜一圈就回來。

我們還到山腰的咖啡廳喝咖啡。

雖然是冬天草木枯萎的景色，但從高處俯瞰，街景還是很美。河水像是被上帝潑灑下來的不可思議形狀包住整個鎮。到處波光粼粼，雲影輕柔地飄過。

「一下大雪，這裡就要歇業。」

光琉君說。

「是嗎？因爲下雪啊。那樣的話，客人都轉到海蒂就好了。」

我說。

窗戶很大，光線大量照進來，咖啡表面泛著黑光。

「欸，你們家人爲什麼那麼沈穩？有信什麼宗教嗎？」

我問。

「怎麼？妳這樣感覺？」

光琉君的眼睛睜得圓圓的。

「嗯，我覺得你們都很灑脫，好奇怪。」

我剛說完，他就笑著說，

「沒有妳父親怪。」

「我也很不了解我爸，可是我覺得你們都是熱中什麼的人。」

我談起父親以前迷上的各式冥想、莫名奇妙的健康法、幾個月不開口說話的修

行、裸體日光浴等事情。光琉君聽得咯咯大笑，突然想到什麼似的說，

「對了，我外婆也有『巴士總站之神』的稱號。」

「啊？就是那個？」

我大吃一驚。

我有聽過她的事蹟，但是沒見過她。

鎮郊地方有個很大的巴士總站。附有候車室、零售店和餐廳。那位婆婆穿著破舊，不論晴雨寒暑，總是守在那裡，開導有困難煩惱的人，請他們喝熱茶。她不收任何人的金錢，也沒有人要求她這麼做，因爲她總是在那裡，久而久之，大家會自動和她打招呼問好，送她手織的圍巾和便當。後來，人們有困難的時候、感覺寂寞的時候，都會去找婆婆談一談。

根據傳說，婆婆每天看那麼多人，練就了獨特的直覺，罪犯來到鎮上，她會向警察提出忠告，「那個人不是好人，小心看著！」常常因此抓到通緝的搶劫犯，雖然沒有公開說，但是警方有事時都會去找婆婆商量。她看到逃家的年輕人，總是請

他們喝茶，問事情緣由，帶他們回家過夜，或是聯絡他們的父母。

婆婆死時，靈堂外排了長長的人龍，每個人都哭了。就是在巴士總站裡，也常看到有人因爲婆婆死了的衝擊、情不自禁地哭泣。我這次回來，還沒去過巴士總站，不知道實際情況，搞不好直到現在，供奉婆婆的鮮花依然不斷。我也聽說有人募款塑了一尊小小的地藏菩薩。

婆婆是在我離開小鎭以後過世的。

父親受到那位婆婆的強烈影響。

他常常說：「這世上一定有那種名不見經傳的了不起人物。」

他也眞的雲遊各地尋找那種人。

母親死後不久，父親散步經過巴士總站，那位婆婆親切待他，讓他在眾目睽睽之下把臉埋在她膝蓋上哭泣。他的臉一直埋在婆婆膝蓋上不起來，眼淚流個不停，婆婆靜靜不動，溫柔地把手放在父親那像孩子般發熱的頭上。走的時候她也只是微笑，不聽父親那摻雜社交辭令的謝語和解釋。

「那時眞謝謝哦！你外婆救了我爸。」

我說。

「可是，你是她的外孫，這種大事竟然沉默不說。」

「因爲已經很久了，我想大家都忘了吧。」

光琉君說。

「不會，鎭上沒有人忘記她，而且……，要是她在的話，或許就不會有人和你父親一樣，在那樁悲慘意外中罹難了。」

我說。

「對，我眞的這樣想過好幾次。我母親的力量阻擋不住，那大概也是她的憾恨吧。」

光琉君說。

知道這對母子具備的不可思議的沈穩淵源後，我感到非常輕鬆。因爲那不知底細的感慨有了名稱。

「你們有沒有祖孫的交流？」

我問。

「外婆太出名了，年幼的我不覺得她只是我的外婆。因爲她是公眾人物。我母親也常說，外婆爲大家奉獻自己的一切，因此也不覺得她是自己的母親。可是，我去看她時，她永遠笑臉相迎，我沒有不好的回憶。她有時還幫遊民煮飯、提供住處給離家出走的人和家暴受害的婦女，因此她住的簡陋小屋裡總是有外人在。我看到妳現在住的倉庫，就想起外婆。」

「沒禮貌哦！什麼住在簡陋小屋裡！」

「抱歉，我不是那個意思，只是女人孤伶伶住在那種一無所有的地方的感覺很像。」

光琉君笑說。

緊接著，那個瞬間來訪。我清楚記得那時的光影，和陽光中的樹木乾燥色彩。

「對了，我曾經聽外婆的話，把手套送給一個瀕死的小女孩。」

光琉君突然說。

「我那時騎著剛買的腳踏車，玩著從堤防俯衝而下的遊戲，結果栽進河裡，撞到石頭，腦袋破了去住院。」

「別說得那麼輕鬆，那麼可怕的事情！」

「我在清醒前做了個夢，是溜冰的夢。」

光琉君說出這話時，我像被雷劈到似的想起一切。全部連在一起了，甚至想起夢見他父親的事。

可是因爲太過驚愕，我默默聽著。

「我在夢一般的溜冰場裡，和許多乾淨發光的人一起溜冰。每個人都親切優雅，雖然彼此都不認識，但大家都緊緊地拉著手，感到非常安心，非常滿足。那就是天堂的溜冰場吧。溜冰時的感覺像是飄浮在空中。裡面有個女孩。特別小，可是溜得很好。因爲沒有其他小孩，我就和她牽著手一起溜。或許我有點喜歡她。她好可愛，臉頰紅咚咚，笑嘻嘻的，可是不知爲什麼沒戴手套，手像冰一樣冷。」

我這時很難插話，繼續沉默。

「我清醒後，頭上纏著繃帶，醫生認為我的腦沒有異常，可以立刻出院。我告訴來看我的外婆那個夢。因為我覺得外婆能夠了解。我很擔心那個女孩沒有手套，外婆聽了，望著遠方說，『你去了那麼遠的地方啦？幸好回來了。』然後又肯定地說，『那個女孩如果同時和你在那裡，她一定發高燒了，就在這個醫院裡，你去看她，把你的手套送給她，她一定會好起來。』我於是滿醫院尋找，護士也幫忙。我想可能就是那個感染嚴重肺炎、謝絕會客的女孩。我掰了些理由，要送手套給她，請護士轉交。直到女孩家人來道謝，才確認手套交給了她。可是我當時畢竟還小，出院後立刻又開始玩起男孩子的激烈遊戲，完全忘記那個女孩後來怎麼了。不過，那時候我確實強烈感受到外婆的無限力量。」

我很想說那個女孩出院了、健康地成長，現在就在你眼前，可是這件事太不尋常，難以啓口。時間讓許多事情變得模糊、遺忘，那份交流在彼此心裡並非清楚型態的記憶，就這樣模糊放著也罷。

坐上車，下坡時我說。

「光琉君，你看雪山的眼神充滿了懷念，就去一趟當天來回的滑雪吧！我幫你看家。」

我說得太乾脆，他嚇一跳，「不，我如果眞的想去，母親放在家裡不管也沒關係，只是一直提不起勁來，不過，妳都這麼說了，我就去吧？」

我那時心裡想的是，「他會是我的救命恩人嗎？如果是，只要我做得到，任何事我都願意爲他去做。」

我怎麼忘了那個重要的夢？我走向父親的公寓。祖母不記得拿過陌生男孩送我的手套，但想起家裡是有夢中光琉君父親說的衣櫥。

我開門進屋，先打開窗戶替換空氣，再打開收藏母親遺物和我兒時物品的小房間。

母親的東西和上次見到時一樣，疊得整整齊齊。我有一點點心疼，但湧起的是愉悅的懷念，不覺面露微笑。我找到小時候用的、畫著許多動物圖案的粉紅色衣櫥，專心翻找抽屜。

眞的翻出一副紅白相間的舊手套。

「哇……眞不可思議。可是，我怎麼沒有意外的感覺呢？」

我嘟噥著。

聞聞手套，有舊毛線的味道。

想到這是人和人超越時空結緣的物品，就覺得它是非常可貴、奇蹟似的東西，我輕輕疊好，收進皮包裡。可是，我又覺得，眞正可貴的不是手套本身，而是寄託在裡面的關懷。

那天早上，光琉君果然高高興興地把各種器材搬上車子，滑雪去了。

我盡可能輕鬆自在地待在他家裡，幫他母親泡茶、觀察她的情況、問她想做什麼等等，度過下午時光。

他母親絲毫不覺得奇怪。

「啊、今天是妳啊！」

她咧嘴一笑。

她瘦得更像皮包骨，但我看她有一點點恢復的跡象。時間確實在她身上讓某種新的東西發酵了。

可是，當我想到她此刻躺臥的房間裡，有著她和光琉君父親一起入睡、早起開窗、夜晚睡前閒聊一天的事情、也製造了光琉君的歲月時，就感到心痛。因爲他父親的帽子、鋼筆和書籍等，都原封不動地擺在房間裡。這是和一個人共同度過足以滲透身心的漫長時間的地方。從同個窗戶看到的相同景色，就連樹枝的形狀也像剪影畫似的烙印在眼裡。

下午三點左右，我去看她是否還在午睡，她微微睜眼。

「咦？光琉呢？」

她睡著時，眞的像一具骨骸，身心都像屍體般僵硬，我很了解光琉君的擔憂。可是她一睜眼，眞確的生命之流便豁然甦醒。

「他去滑雪，晚上就會回來，您要喝茶還是吃飯？」

「我肚子有點餓。」

她的語氣非常肯定。

「您想吃什麼？」

「我已經吃膩鹹味拉麵和味噌拉麵了。」

「那、就混合口味的。」

我說完，她笑了一下。

想到她能笑了，即使是特意堆出來的笑，我還是很高興。雖然和她不熟，我還是高興。

「蛋包飯會不好消化嗎?」

我問,她說「沒問題」,我到樓上的廚房,從光琉君珍視的冰箱裡拿出雞蛋,做了鬆軟的蛋包飯,加上餅乾和番茄,端給她。我想她大概不喜歡別人看著她吃,就到旁邊燒開水,一段時間後再送茶進去。

盤子幾乎空了,餅乾也吃掉一片,我很高興。

她坐起來喝茶。

「已經好很多了,可是要等到身體自在能動,還需要一點時間。」

她說。

「您很能正視自己的狀態哩。沒有讓自己流向不好的狀態,我覺得您好棒,能一天天正確地判斷自己的事情。」

「可是,那天早上,命運還是分歧了,即使在後面拚命追趕也追不上。」

她說。

「首先，我需要時間理解這事。然後，現在還未消失的恨，讓我心裡一片漆黑。那是懊悔吧。接下來，罹難者家人情緒的巨大起伏也翻弄著我。等到那股風暴平息後，我才理解已經無能爲力了。可是，我如果勉強裝出那不算什麼的態度，恐怕某個部分這一輩子就這樣固化、無法解開了。我決定就像生光琉時難產一樣，靜候不動，絕不勉強。」

「其實這樣做，對治療才是最好的。」

我一邊反省自己心中的掙扎，一邊說。

「而且光琉君也很了解，一點也不急，像平常一樣過日子，眞不愧是巴士總站之神的家人。婆婆也曾經幫過我父親呢！」

「我出生以前，我母親好像經歷了許多艱辛，可是她從來不說。雖然她總是溫柔笑著，可是她的眼光非常嚴格自傲。我結婚後，建了這棟房子，外子建議她搬來一起生活，可是她不肯離開她的小屋，直到心臟病發死亡的前三天，她都還在巴士總站。但她自己好像知道死期已至，那天帶來一些紀念品、好吃的菜和給光琉的零用錢，說『婆婆今天要退休了』。大家吃著她辛苦做的壽喜燒，談到她今後可以輕鬆過日子，也可以去旅行，我說『可以的話，搬來和我們一起住吧』，她自己也知道是在說謊，笑著說『好啊，那樣也不錯』。我過去一直有著她不是我親生母親、是從某個窮苦人家把我抱來養的感覺，因此那時候終於有她是我親生母親的感覺，高興得流淚。」

「我雖然沒見過巴士總站之神，可是看到您和光琉君，感覺也了解她的爲人了。」

「我想，她不是用語言，而是用態度教給了我們許多事情。她總是說，人絕對不要勉強。她像口頭禪似的老是說，勉強滋生所有的罪惡。她還說，她年輕時一個人在巴士總站時看到神。是來自山裡的神，進入她的體內。從那以後，她像受到守護似的，被流氓威脅、被年輕人嘲弄，都不會受傷，自豪地完成工作，享盡天年。因爲她從不勉強，我想那一定是她眞正想做的事。她睡覺的時候總是安穩入眠，幫寄宿在家裡的孩子們做飯，非常快樂。她活著的時候，我也常去幫忙，做便當。我也給她送懷爐，可是她身邊那種東西多的是。還有鮮花、蔬菜等等，大家似乎想藉著送她東西讓自己得到幸福。等我好了以後，也想做類似的事情。即使不是每天去巴士總站，也想做那種幫助別人的事情。」

光琉君的母親說。她好像一下子就累了，講到一半躺下來，但是眼睛發亮。

「只要再一點時間……到了春天，一定有變化的。」

她說。

我從皮包拿出手套。

「這是光琉君以前探望我時送我的，您記得嗎？」

她睜大了眼睛說，

「就是妳啊！」

她拿起手套，輕輕撫摸。

「我記得很清楚，光琉堅持說，『我在夢中和同個醫院裡的一個女孩一起溜冰，她沒有戴手套，很冷的樣子，雖然夢醒了，我還是要送給她。』我以爲他撞壞了腦袋，非常擔憂，他父親說，『或許眞有這種事情，就讓他稱心如意吧！』於是請護士幫忙找他心裡有數的那個女孩，即使沒有關係，也想探望她，還請護士把手套交給女孩。我那時候半信半疑，也沒去查後來怎樣了，妳眞的住院了嗎？」

「是的，我完全不記得那個夢，可是我奶奶看到了那個光景，告訴了我。」

「那麼，妳和光琉在夢中一起溜過冰哩！」

她像少女般呵呵笑起來。在那種感覺裡，我看到健康有勁時的她，和現在衰弱的身影重疊，像花朵般綻放鮮亮的色彩。快了，肯定就快了，跡象如新芽般清楚呈現。從她想回到快樂夫妻生活的心情來看，那是清楚得近乎殘酷、不容許停止的確實進展。

「這個手套送給您。」

我說。

「這不是紀念品嗎？算了。」

「不，它已經救過我的命，這回，要留在您這裡。」

我笑著站起來，關上隔門。

那副手套就像時間膠囊般來自過去，它會像溫暖我冰冷的小手般，也溫暖她的心吧！

我回到樓上，在櫃檯前坐坐，又躺到地板上，迷迷糊糊睡著了，醒來時已是黃昏。西邊的天空染成紅色，光亮的雲朵閃著各種色彩，照著雪山。

啊，天氣眞好。就快天黑了……，我在好像一直待在這個屋子裡的感覺中醒來。不久以前，我還在林立的高樓之間看不見一座山、車聲總是響在遠處、每個人都在行路匆匆的地方爲愛情傷神，一轉眼，我就獨自在陌生的別人家裡醒來。樓下睡著並不熟悉的朋友母親。我悠悠地想著，人生眞是不可預期。

打開窗戶，釋放一些暖爐的熱氣，突然看到光琉君母親的房間窗外有個院子，整齊種著高到我腰際的小杉樹。

我猛然想到什麼似的，盯著那些杉樹。

總覺得其中有一棵不一樣，顏色特別鮮明。

接著，我想起光琉君父親出現的那個夢。

「他說忘記埋在那棵樹下了。」

我嘀咕著下樓，走到門外。我沒心思多想這裡是別人的家，怎麼可以擅自行動。我那時只覺得像被什麼東西推動著。通往院子的走道上放著鏟子，我擅自借用。我有點焦急，怕天黑就找不到了。

在樓上時，那棵樹看起來很醒目，因爲土色不同，也就是最近才翻動過。走進一看，那棵樹的周圍果然是新土。

我開始用力挖，太陽已落，天色漸漸昏暗，我認爲趕緊挖，比叫醒他母親借手電筒要好，繞著樹根用力挖。

不久，挖出一個已經腐朽的木盒。

「有啦！」

我不覺喊出聲來。

手邊光線已暗，我還是打開木盒，取出用塑膠布包裹的小盒子。打開盒子，拿出一枚晶瑩剔透的珍珠戒指。

我像古時後發現寶藏的人，含淚凝視著它。

「妳在做什麼?」

窗戶嘩啦一聲打開，光琉君的母親探出頭來。

「妳是爲了我們家的財寶才來看家的啊!到底什麼事?」

理應來看家的陌生女孩在昏暗的院子裡挖東西……，身體不舒服，又目睹這麼莫名奇妙的狀況，還能開玩笑，眞不愧是光琉君的母親。

「不是啦，這是伯父送給伯母的禮物，我夢到的。」

我說，聽起來好像不合常理。

我交給她，終於回到原來主人手上的那枚戒指，更增光采，帶點粉紅色澤的大顆珍珠。完全符合她的手指尺寸。

「啊……他是有說，結婚紀念日時要買什麼好東西送我。」

先前還很驚愕的她，拿到戒指後，像是突然了解這個狀況。我想，一定是光琉君的父親讓她了解的。

天黑了，我想洗手，輕輕把泥土撥回樹根，再從大門進屋。

「或許您無法相信，但眞的是伯父來到我夢裡，跟我說，有個重要的禮物忘記埋在哪棵樹下了。剛才我突然想起來……，那個手套的事也是伯父告訴我的。」

我說。

「他還好嗎？」

她問。

「非常好，很慈祥。」

「太好了。」

她眼中含淚。

珍珠戒指在她手上晶瑩閃爍，更襯托出手指和身體憔悴暗沈的膚色。或許，還需要時間。

她哭過一陣後，像孩子似的睡了。

我對滑雪過癮、心滿意足回來的光琉君什麼也沒說，拿了他送我的謝禮巧克力，在星空下踏上歸途。

我覺得，這一切還是由他母親來說比較好。

她藉著這番敘述，一定能越來越恢復活力。

這個小鎮發生的尋常故事。

父親打電話來說「該回去囉」時，春天已近。

「妳還在嗎？東京的房子沒腐朽嗎？」

父親說。

「爸最差勁了，明明說要回來的，卻又沒消沒息。」

「差不多了，我看妳也搬回鎮上住吧。如果不喜歡和我住一起，我出點錢讓妳租房子也行。」

「別說那個，東京的房子是買的，要賣掉很麻煩。」

「那不是更好嗎？這樣就有資金了。回到那裡，我們一起快樂生活，也可以到河邊烤肉。」

「別再說啦，因爲我心動了。」

「妳爲什麼要回東京？有人在等妳、需要妳嗎？」

父親問，那句話猛然刺痛我的心。可惱！讓我很想偏偏就回東京給你看。

「我感覺若一直留在這裡，什麼也沒做，會不知不覺中變成咖啡廳的繼承人，或是滑雪教練的太太，還有個婆婆，又或者在幼稚園工作。雖然我自己什麼也沒選。」

我說。

「妳還年輕，眞傻！」

父親訝異地說。

「那不是最高的境界嗎？自然地像河水流動，不知不覺到達某個地方。」

「說我傻，你好壞！」

我說，掛掉電話，隔了一會兒，覺得或許眞的是這樣。有那麼多選擇，是多麼奢侈的事啊！我在東京，只有一個被關在水泥盒子裡的選擇，頂多只是地點的移動，自己什麼也沒變，卻發生種種事情。而且，都是在自己身上尋常發生的。

但是在那反面，我也有「不能這樣，如果不展現我的意志，就會一切如他們所說，或是被那河流吞噬，我不要那樣，我要反抗」的心情。我完全不知道這種心情是從哪裡湧現？是對父親曾經想要再娶的一點點不滿還留在心裡？還是我太喜歡這裡的人，害怕很快就對他們感到膩煩？或者是我害怕建立繫絆？我認爲這個鎭裡似乎有著奇妙的、像是受到河流支配的獨特哲學。我是害怕窺視那份深度嗎？

我覺得，每一個理由都像是某個人所想的方法論。

看到的尋常事都覺得是好事的想法。
我就花些時間，自然流到自己會到的地方吧。
爲此，我還需要一些時間，像光琉君的母親一樣，不擔憂時間流逝，直到覺得夠了的時候爲止。

河畔的櫻花含苞待放時，我和光琉君不期而遇。這一陣子咖啡店裡換新菜單，我和祖母忙著試做新菜，有兩個星期沒見到他。
在黃昏的林蔭道上，看到迎面而來的光琉君，我突然想到那張小時候的臉。想一直牽著那溫暖我冰冷雙手的小手溜冰的心情，伴隨著朦朧的幸福感甦醒過來。
心情就和第一次看到他時一樣。
「現在有空嗎？要不要吃章魚燒？」

光琉君問。

「有啊。可是，爲什麼要吃章魚燒？」

「那家超市對面開了一家新店，好像是《搶救貧窮大作戰》節目裡報導過的，是去關西名店拜師學藝的人開的，我在想到底有多好吃？正要去瞧瞧。」

「好啊，去買吧。」

排隊的人不多，我們選了各式沾醬，又回到河邊坐在有點冰涼的石頭上。天色將黑，除了不是爲了吃章魚燒、只是爲了想在那裡而在那裡不畏風寒的我們，還有許多情侶，隔著一定的間距，並肩向河。

章魚燒熱騰騰的很好吃。這味道在東京或許不值一提，但這樣坐在河邊吃，感覺完全不同。茶罐的溫熱觸感，像懷爐般溫暖了掌心。暴露在冷空氣裡，臉雖然冰冷，但感覺很舒服。

街道兩旁大型超市和量販店林立，景觀漸漸變醜。人們瘋狂地搶購品質低劣的烤肉和很快就不能穿的衣服，發洩各種鬱悶不滿。可是。只要還有河、有山、有小溪谷、有茂密的綠田，這些小小的魔法就能讓這個鎮繼續存在不變。

比如說，原本憂鬱不開的心情，到了黃昏，就突然開朗了。西邊的天空源源不斷湧來美麗的光，置身在光中，心情不知不覺變好了。又如，一覺醒來，感覺被完全不同的氣氛包圍，因爲夜裡下過大雨，空氣變清新了。

和大自然的呼應，就像一場美好的性愛。像被一股巨大的力量呑沒，到處潛藏性感的線條，像是櫻花花苞的形狀、蘆葦葉子的俐落直線、石頭周圍的涓涓細流。看到那些，不知不覺感到心滿意足。

「對了，我母親能到屋外整理院子了。她現在精神不錯，只是午睡久一點，大部分的時間都醒著。雖然也讓她想起許多事情而傷心哭泣，但覺得她每哭過一回，精神就好一點。」

光琉君說。

「而且，她都一直戴著戒指。」

「是嗎，太好了。」

我牙齒沾著青色海苔張口大笑，給個沒有情調的回答。

彼此並非無意且久不相見的單身自由男女，並肩坐在昏暗的河邊，卻絲毫沒有心動的感覺。

「非常謝謝妳，等我母親完全恢復後，會煮眞正的拉麵請妳吃。她煮的拉麵很好吃。」

「除了拉麵，什麼都好。」

我笑著說。光琉君接著說。

「我完全沒發現院子裡眞的埋了東西，每逢結婚紀念日時，我父親老是喜歡給她意外的驚喜。有一次就穿著演唱的衣服唱著歌回來，有次買了兩百朵玫瑰，也曾包下一家KTV、通霄舉辦卡拉OK大會，還曾假裝陌生人打電話來說，『妳先生在我手上，拿二十萬圓到河邊來！』

「二十萬圓……太便宜了。」

「他是想用那二十萬再加一點錢，去珠寶店買個項鍊墜子。」

「妳母親都很喜歡嗎?」

「不,總是感到迷惑,每次快到結婚紀念日時就緊張兮兮,就怕真的受騙上當,尤其是綁架電話那次。」

「這樣啊……。」

我點頭。

光線漸漸變暗中,許多東西界線消失的景色,就像冥界的景色。光朦朧地浮在河上,小鎮靜靜地沈入黑暗中。慢慢地,就像船沉沒一般。

「母親整理房間時發現父親畫的藏寶圖。上面寫著寶貝埋在杉樹下。也寫著是在大門口往東邊走十步的地方。他肯定還不知道死到臨頭,還興奮地在院子裡挖洞埋寶貝吧。」

光琉君說。

我聽了,想起那位親切的伯父在死前幾天、趁伯母不在家的時候,拚命挖院子的模樣,不覺流下眼淚,聲音顫抖地說。

「不論採取什麼死亡方式，就算是受到無聊事故牽累而死，你父親的靈魂絕不會受到汙染。因爲無聊的意圖讓自己的無聊人生走投無路而採取爲難別人的生活方式和死法的淺陋無知之人，絕對抱有鬱悶沉重的心靈負荷，即使變了形式，還是會繼續存在。或許確實有你所謂的因緣，或是你外婆偉大作爲的餘波牽連。但就是她留下來的那股力量，才是人們能夠存活在這難以作爲又無法忍受的世界中的唯一依靠。」

因爲沉默無聲，我轉頭看他，他正抱著膝蓋掩臉哭泣。

我想起在我生命差點消失的緊要關頭時溫暖我的那雙手，輕輕握住他的手。好冷的手。我用我那沾到醬汁的小手包住他的大手，溫暖它。

「我好想再見到父親一次。」

光琉君說。

我默默地點頭，更握緊他的手。

我們已經長大，實際上可以輕易同床共寢。除了太了解彼此的家人、以後面對他們時會不好意思外，沒有其他阻礙。我在長年的情婦生活中鍛鍊出來的所有技巧，要取悅這個肌肉結實的身體，解放他冬天鬱積的種種欲望，讓他忘記一切，非常簡單。

可是，現在是我們像孩子一樣、回到那個瀕臨死亡的時刻、一起靜靜流淚的時候。我不知道是誰決定的，只是，現在就處在那個時間點。

如果有機會，總有一天，會有不同的快樂方式吧。

黑暗中，有點聒噪的河水聲中，好像只有櫻花的粉白色，以及我們手邊有著淡淡的溫暖的光。

心想該回去了，站起來時，他輕輕抱住我，

「謝謝……明年免費教妳滑雪當作謝禮。」

我聽著他胸腔裡的心臟跳動聲音說，

「我最討厭滑雪，又冷、又重，跌倒時好痛。」

「啊、是嗎？」

他放開我，笑了。

「讓技術高明的人教，說不定會喜歡哦！」

「明年以前，我會好好考慮的。」

兩人走上河堤，回到各自的生活。

我帶了許多稀有品種的橘子當伴手禮，去向瑠美報告。順便在她屋裡煮義大利麵一起吃。因爲待得太晚，就留宿她家。

瑠美說最近忙得好累，飯後吃了好多橘子。

我說起那個夢和其他事情，她用很平常的語氣說。

「妳做了好事啊，如果有緣，應該知道的事就是會知道。」

她輕輕鬆鬆兩句話就把我的小小冒險經歷做了結論，我有點不服氣，可是仔細再想，那種經歷在她成長的環境裡不過是尋常瑣事，難怪她覺得很平常。

不過，那個時候，瑠美也像確實看到什麼似的望著遠方。她的視線有點失焦，面無表情。眼睛透明得像雨後花瓣上的水珠。也像看著遠處飛鳥的貓眼。

我想她不是看到故事的具體內容，而是看到了那個氛圍和色彩。

當我問她記不記得巴士總站之神時，她有點傷心地說。

「我小時候，那位婆婆安慰過我。」

「她在這裡，眞的是無人不知、無人不曉！」

我好驚訝。

「我媽太照顧別人，正好那段時間，每天都有人來我家，圍繞在我媽身邊，像個宗教團體。於是我想離家出走，把東西都裝進書包裡，到巴士總站去。因爲還是小學生，不知道該去哪裡，只好盯著班次表，看有什麼車開到哪裡去。這時，那位婆婆走到我身邊，送我一束花。都是白色花朵的簡單手工花束，綁著小小的緞帶。

她跟我說，『等到長大一點後再一個人去遠方吧，如果現在不想回家，就來婆婆家好嗎？』我一眼就覺得她是個好人。眼睛清澈得嚇人，發出強烈的光采。因爲被她看穿離家出走的心思，我覺得很丟臉，拿了花束就回家，插在花瓶裡，一直擺到枯萎爲止。因爲我希望有人看到我，不管是誰都可以，因此很高興她注意到我。因爲我每天都確實感到，對母親的那些跟班來說，我是個妨礙。」

「就那樣，那位婆婆每天都展現小小的奇蹟，在無人知道的情況下。」

我說。

「不過，你媽那些跟班都到哪裡去了？當她和我爸交往的時候。」

「就在那之後不久，我媽突然變得很憂鬱，把那些人都趕走了。可是他們每天還是會送食物來，幫忙打掃，但只打掃她的房間，根本不管我的房間。還拿冰箱裡的好東西當茶點心。那些人問東問西，就是想問出個什麼，一群非常貪心的人。」

瑠美似乎很氣，好像那些是才發生不久的事。

「那眞是災難。」

「都過去了。現在我媽已經完全恢復自信，因爲那些人不再來纏她了。別說這個，妳和那個光琉君怎樣？會變成戀愛關係嗎？」

瑠美用前所未有的庸俗語氣問。

「目前還沒那個跡象。」

我說。

「別說什麼都沒有啊！」

瑠美嘻皮笑臉地。

「怎麼想到這個？」

「從妳臉龐的色澤。」

瑠美說。

「幹什麼！妳不能擅自看那個！」

我說。

「有什麼關係？和他結婚，住在這裡。很快樂哦！幼稚園的工作永遠爲妳保留，即使不做這個，妳奶奶不是也想退休嗎？」

「哪有！她還幹勁十足呢。像是思考生存價值似的想著每天的午餐菜單。最近又開發出新口味的蛋糕，優格塔，很好吃，下次來吃。」

「妳對過去已經沒有依戀了吧？」

瑠美問。

「嗯，打算哪天賣掉那棟房子。我可以隨便賣，名義已經變更成我的了。」

「就拿那個分手費當本錢做生意吧？」

「賣不了那麼多，那麼小的房間。」

我說。

「對了，我爸就要回來了，到時候一起吃飯吧？如果妳願意。」

「差點變成我繼父的那個歐吉桑啊……，好懷念哩。我們三個人再次相聚，又建立起關係，到時妳就更難走了。」

瑠美笑著說。

「在這裡結婚吧?女人都迷滑雪教練，恐怕以後要煩惱不斷哦。」

「誰想到那麼遠。」

「有婆婆嗎……，對了，還要生下巴士總站之神的曾孫!當然要讀我的幼稚園。」

「怎麼讓妳說來，一切都變得那麼快樂，好可怕。」

「就要實現了。」

「究竟有什麼徵兆?」

我問。

「只是希望妳回來嘛。」

瑠美笑說。

那時，我又感到被什麼輕輕包住。

回到這裡以後，那些話語總是輕柔溫暖地包住我的心，包住我那顆被沒有明白說「我不再需要妳了」的情人、我在東京唯一的繫絆拋棄不管的孤獨的心。

我是眞的想回來嗎？洗完盤子，正要清理廚房時，瑠美已趴在地上睡著了。

我還想跟她繼續聊呢，眞是！我幫她蓋上棉被。

瑠美翻個身，嘟嘟噥噥地說了幾句後，又發出輕微的鼾聲。

而且，一隻腳摩擦著另隻腳的小腿。

我想，她在丹麥的男朋友會接受這副德性嗎？腳長足癬，指甲油也塗得亂七八糟。我溫柔地看看睡相很差的瑠美後，又回去清理廚房。

等我洗好澡，泡了茶，再叫她起來吧。然後幫她重新塗上持久漂亮的指甲油。

後記

吉本芭娜娜

這眞的是我很久沒寫的正宗青春小說作品。

我是在頗感空虛的時候開始動筆，因此失戀的部分遲遲沒有進展，我想暫時停筆，等我有精神後再寫，可是，故事卻逕自從天而降。

我沒住過這麼寒冷的地方，我一直住在東京，完全不懂歸鄉的心情，也不熟悉地方事務，但我還是擅自書寫了我不知道的情景，讓書中主角在那裡受到呵護、療治心傷。書成之後，我自己也很訝異。

因此，我怎麼也不覺得這是我寫的小說，也因爲這樣，我像別人一樣讀它時，感到毫無來由的輕鬆。它不是特別好的小說，也沒値得一提的內容，但書中到處都有我很喜歡的地方。

我覺得它有點像童話。

因此，無法放鬆心情的人讀到它時，即使得不到任何訊息，只要能甩掉一點點痛苦的步調，那就夠了。

我要把這本小說獻給等待許久、總是熱誠照顧我的根本昌夫先生。

寫這本小說，我唯一想到的是「要寫什麼東西」，在我最煩惱愁苦的時候我都告訴自己，「這是要交給根本先生的小說」，拚命想著根本先生，於是看見了冬天清澈冷冽的空氣、冰冷的河水、遼闊的旱田及山上的風景。我覺得那些沉穩的氣氛是這本小說的關鍵，是根本先生的心象風景，讓我寫出這本奇妙易懂的小說。非常感謝。

同時，我也要感謝所有參與本書製作的工作同仁。

【時報悅讀俱樂部】入會權益：

會員類別	入會費	年費	選書額度
悅讀輕鬆卡會員	300	2000	時報出版600元以下書籍任選10本
悅讀VIP卡會員	300	4700	時報出版600元以下書籍任選24本

註：續會免入會費

選書超低折扣，3折起，
一律免費宅配到府

時報精選：文學、史哲、商業、知識、生活、漫畫各類書籍，一次輕鬆擁有

成為全方位閱讀者，現在就加入時報悅讀俱樂部！
最新入會方案，詳情請參閱時報悅讀俱樂部網頁：

www.readingtimes.com.tw/club

時報出版客服專線：**02-2304-7103**
週一至週五（AM9：00~12：00，PM1：30~5：00）

【時報悅讀俱樂部】會員邀請書

☑要！我要加入【時報悅讀俱樂部】

＊選書方式：一次選二本或二本以上，免費宅配或郵寄到府。

＊每二個月贈讀書雜誌〈時報悅讀俱樂部專刊〉，免費贈閱一年。

＊總代理的外版書不列入選書範圍。

＊信用卡請款通過後，立即免運費寄出贈品及選書。

＊相同書籍限選2本。

以下是我的個人基本資料：

□輕鬆卡（＄2300）　□VIP卡（＄5000）

姓名：＿＿＿＿＿＿＿＿

性別：□男□女　婚姻狀況：□已婚　□未婚　生日：民國＿＿年＿＿月＿＿日（必填）

身份證字號：＿＿＿＿＿＿＿＿（必填）

寄書地址：□□□＿＿＿＿＿＿＿＿

連絡電話：(O)＿＿＿＿＿＿(H)＿＿＿＿＿＿手機：＿＿＿＿＿＿

e-mail：＿＿＿＿＿＿＿＿

（我們將藉此通知您最新的重要選書訊息，請填寫能夠確定收到信函的信箱地址）

閱讀偏好(請填1.2.3順序)：□文學□歷史哲學□知識百科/自然探索□流行/語文□漫畫□生活/健康/心理勵志　□商業

※我選擇的付款方式：

1.□劃撥付款　**劃撥帳號：19344724　戶名：時報文化出版公司**（請直接至郵局填寫劃撥單，並在劃撥單上註明您要加入的會員類別、姓名、地址、連絡電話、生日、身份證字號，贈品名稱）

2.□信用卡付款

信用卡別　□VISA　□MASTER　□JCB　□聯合信用卡

信用卡卡號:＿＿＿＿＿＿＿＿有效期限西元＿＿＿年＿＿＿月

持卡人簽名：＿＿＿＿＿＿＿＿（須與信用卡簽名同字樣）

統一編號：＿＿＿＿＿＿＿＿

※如何回覆

傳眞回覆：塡妥此單後，放大傳眞至 **(02) 2304-6858**　時報悅讀俱樂部24小時傳眞專線

●時報悅讀俱樂部讀者服務專線：(02) **2304-7103**

週一至週五AM9:00～12:00　PM13:30～5:00

藍小說 814

羽衣

作者—吉本芭娜娜
譯者—陳寶蓮
副總編輯—葉美瑤
編輯—黃嬿羽
美編—米榭兒
執行企劃—陳靜宜、黃千芳
校對—陳寶蓮、黃嬿羽
董事長
總經理—趙政岷
總編輯—余宜芳
出版者—時報文化出版企業股份有限公司
台北市10803和平西路三段二四○號四樓
發行專線—(○二)二三○六—六八四二
讀者服務專線—○八○○—二三一—七○五・(○二)二三○四—七一○三
讀者服務傳真—(○二)二三○四—六八五八
郵撥—一九三四四七二四時報文化出版公司
信箱—台北郵政七九～九九信箱
時報悅讀網—http://www.readingtimes.com.tw
電子郵件信箱—liter@readingtimes.com.tw
法律顧問—理律法律事務所 陳長文律師、李念祖律師
印刷—勁達印刷有限公司
初版一刷—二○○六年十月九日
一版七刷—二○一五年七月十日
定價—新台幣一六○元
⊙行政院新聞局局版北市業字第八○號
版權所有 翻印必究
(缺頁或破損的書，請寄回更換)

HAGOROMO by Banana Yoshimoto
Copyright © 2003 by Banana Yoshimoto
Japanese original edition published by Shinchosha Co., Ltd.,Tokyo
Traditional Chinese translation rights arranged with Banana Yoshimoto
through Japan Foreign-Rights Centre / Bardon-Chinese Media Agency

ISBN 957-13-4546-6
978-957-13-4546-8
Printed in Taiwan

國家圖書館出版品預行編目資料

羽衣／吉本芭娜娜著；陳寶蓮譯. -- 初版. -- 臺
北市：時報文化, 2006〔民95〕
面：　　公分. --（藍小說；814）

ISBN 978-957-13-4546-8（平裝）

861.57　　　　95018886